ハヤカワ文庫 SF

〈SF2046〉

宇宙英雄ローダン・シリーズ〈512〉

隔離船団

ペーター・テリド&H・G・フランシス

嶋田洋一訳

早川書房

7700

PERRY RHODAN
DIE QUARANTÄNEFLOTTE
ZEITMÜLL
by
Peter Terrid
H. G. Francis

Translated by
Yooichi Shimada
First published 2016 in Japan by
HAYAKAWA PUBLISHING, INC.
This book is published in Japan by
arrangement with
PABEL-MOEWIG VERLAG GMBH
through JAPAN UNI AGENCY, INC., TOKYO.

目次

隔離船団

隔離船団

ペーター・テリド

登場人物

ペリー・ローダン……………………………宇宙ハンザ代表
ガルガン・マレシュ…………………………《ツナミ３６》艦長
ラッソ・ヘヴァルダー………………………同乗員。ココ判読者
ハンス・ハルセン……………………………同乗員。ハイパー物理学者
ダレエナ………………………………………アルコン人
トクサル………………………………………スプリンガー
エイリング……………………………………セオリ人。治療者
ベネデル………………………………………セオリ人。隔離船団の船団長

1

「悪くないな、あの物体は」

ガルガン・マレシュがそういうと、ハンス・ハルセンは軽蔑するような視線を艦長に向けた。ハルセンの体格とユーモア感覚はどちらも貧弱だった。百六十五センチメートルの身長に強いコンプレックスがあり、つねに不機嫌なのだ。それでもハイパー物理学者として、また宇宙戦略家として、《ツナミ36》のような重要な宇宙船に乗り組めたことには満足している。

「形状は幾何学的で、あの物体についてわかっていることは、それがすべてといっていい状況です」ハルセンは無味乾燥に応じた。「いまのところ、あれが魅力的という根拠はなにひとつありません」

艦長は反論をあきらめた。エルトルスの巨人は幾何学パターンを偏愛していることで知られていた。実験を重ね、図形には謎めいた力があると信じている。幾何学の魔力とでもいったものだ。ガルガン・マレシュは宇宙空間に浮かんだその物体にすっかり魅了されていた。

スクリーン上にはっきりとうつったその姿は……巨大なY字形、全長二十キロメートル。たぶん人工的な宇宙構造物で、それがどんどん大きくなっている。

「芸術的な形状だ」と、エルトルス人。

「というよりも、危険そうに見えます」ハルセンがいいかえした。「充分に注意すべきでしょう」

「はん！」

その甲高《かんだか》い声だけで、だれなのかわかった。シガ星人のラッソ・ヘヴァルダーだ。マイクロフォンの近くで居心地よさそうにしている。身長十二センチメートルのそのからだなら、むずかしいことではなかった。マイクロフォンの自在ホルダーとトグル・スイッチのあいだにわたされたハンモックがゆっくりと揺れている。そのスイッチは緊急時に操作するもので、そうなればシガ星人のハンモックをのんびりはずしているひまはない。ヘヴァルダーもそれはわかっていて、ほかの乗員のいらだちを楽しんでいた。その一方、ココ判読者であるかれには、緊急事態が起きたとしても早い段階で検知できるとわかっている。ヘヴァルダーが挑発的にいう。

「わたしは適当に注意するのが好きだがね。全員にとっても、そのほうがいいと思う」

マレシュは首をめぐらせた。その目はシガ星人を見すえている。

「あつかましいシガ星人のなかでもいちばんあつかましい男をこの艦に乗せるのを、わたしが望んだのでなかったら、また、わたしがこれほど心のひろいエルトルス人でなかったら……」

艦長が声をすこし強めると、ハンモックが揺れはじめた。ヘヴァルダーがいつものように減音ヘッドフォンを装着していなかったら、その大声でからだが麻痺していただろう。

「……このずうずうしいシガ星人に、ヘザーをけしかけているところだ！」

艦内で飼っている猫が自分の名前を耳にし、身がまえて、ジャンプした。ヘヴァルダーのそばの制御卓に音もなく着地。シガ星人はふてぶてしい笑みを浮かべただけだ。ヘザーがなにもしないことはわかっている。濃いグレイの毛をしたこの猫は、地球から連れてこられ、すっかり艦内に慣れていたが、《ツナミ36》にいる〝ネズミ〟にはとまどっていた。グリーンがかった色で、人間のように話をするからだ。ヘザーはヘヴァルダーを一撃でたたきつぶせるのだが、不思議なことに、むしろ猫のほうがシガ星人を恐がっている。

「集中してください」ベリル・ファンセがいった。「おしゃべりをしていても、はじまりませんよ」

ガルガン・マレシュは大きな笑みを浮かべた。

ベリルはまちがいなく美人だが、《ツナミ36》の司令室には、いま彼女と親密になれそうな者はいなかった。エルトルス人とシガ星人とテラナーのハルセンのほかには、寡黙なオクストーン人のドルウトと、エプサル人女性のル・マロンがいる。なんとも雑多なよせあつめだが、ある意味では銀河系の現状をよく反映していた。

マレシュはオクストーン人と同じく小型重力発生装置を装着し、故郷惑星と同じ重力下で行動していた……ベリルだったらすぐに膝をついてしまうだろう。オクストーン人がベリルを抱擁したら、シガ星人がベリルに抱擁されるようなもので、骨折はまぬがれない。ハンス・ハルセンに関しては、毒舌の小人というあつかいだった。

《ツナミ36》は司令室にこのよせあつめの集団を乗せて、謎めいた物体に接近していた。

似たようなものさえ、だれも目にしたことがない。画面上で〝物体〟の姿を見た者は、たいてい不安感をおぼえた。

ただ、それが人々のよく知る、魅力的な色をしているのはまちがいない……明るいゴールドだ。かつて故郷銀河を支配したラール人の、SVE艦を連想する者もいた。SVE艦の形態エネルギーと同じ特徴が感じられるから。

「転轍機《てんてつき》みたいに見えるな」と、ハルセン。

「避けなくちゃならないもののようには思えないがね」シガ星人がいいかえした。

《ツナミ36》の司令室はしずまりかえった。物体を恐れる者はいないが、だれもが慎重になっている。ツナミ艦二隻は時速八千キロメートルの低速で、想定された一ポジションに向かってゆっくりと接近していった。

「ああ！　こんなことだと思った」ハルセンが声をあげた。

「どうした？」と、艦長。

「質量走査機がおかしいんです」ハルセンが答える。「いきなり数値がはねあがりました。物体にはなにも起きていないのに」

「見た目に変化がなくても、なにも起きていないとはかぎらない」シガ星人はそういって計器に目を向け、ハンモックをたたみはじめた……そこに寝たままだと、言葉に重みがつかないと思ったのだろう。

艦長は各種装置の測定結果をスクリーンに転送させた。結果は驚くべきものだった……ほぼすべての走査機やゾンデが、ありえない数値を送ってきている。画面上では〝転轍機〟の映像があらゆる色調にわたって揺らぎはじめた。ノーマルな状態とはとても思えない。

「たぶん、あの噴射のせいだ」ハルセンがYの字の腕二本を指さした。そこになにかが見える。確認しづらいが……見たところ、転轍機の素材がそこでほつれ、きらめく媒体となって噴出しているようだ。それ以上は、さらに分析してみないとわからない。どうやら気体らしく、流れる霧を思わせる。内部では形態エネルギーの嵐が荒れ狂っているのだろう。画面上の鋭いピークを見ると、ときどきそこではげしい放電も起きているらしい。

「どこまで近づくの?」ベリルがたずねた。ヘザーは彼女の膝に跳び乗って、なでてもらっていた。

「二十キロメートルほどの距離をたもつべきかと」と、ハルセン。「攻撃的な意図があると思われないようにしなくては。わずかな誤解で、とりかえしのつかないことになりかねない」

その判断は正しく、反論はない。マレシュは艦をいつもの確実さでおちついて操縦した。ベリルはいつでもATGフィールドを展開し、《ツナミ36》をあらゆる危険から防護できるよう準備している……ただ、自分たちが抵抗も反応もできない兵器システムが存在することもわかっていた。

こうした任務は、宇宙ハンザの艦船にとってはいつものことだ。宇宙は生命にあふれており、銀河系内における二種族の敵対的な接触は、いつ起きても不思議のないことだった。

それでも最高のスペシャリストたちは、すこし時間をかけて、両者がとりあえず平和的な接触に興味を持つよう導いていく。

「物体を側面から見てみよう」と、マレシュが提案。

時間をかけて、《ツナミ36》をゆっくりと物体の周回軌道に乗せる。

物体を後方から見ると、いまの時代も多くの建設現場で採用されているT形梁《はり》を思わせる形状だった。外観のおおざっぱな計測でわかることはその程度だ。

「ゾンデを送ってみては？」と、シガ星人が提案。

エルトルス人艦長も賛成し、計測ゾンデが準備された。細長い形状で、多数の計測装置を搭載し、収集したデータをハイパーカムで《ツナミ36》の艦載ポジトロニクスに送信する。

ゾンデは目だつように発射され、異人が存在するとして、その探知機にかんたんにひっかかるようにした。これも確実に誤解を防ぐという原則にしたがった処置だ。

《ツナミ36》の司令室の面々は、ゾンデが転輸機に近づくのを興味津々《きょうみしんしん》で見守った。

ゾンデは物体から八キロメートルの距離まで接近したところで、急に内部から輝きだし、一瞬のち、画面から消え失せた。のこったものはガス雲だけで……明らかに、どこかへはねとばされた証拠だ……そのシュプールを見ると、転輸機からはなれる方向にコースが変わっていた。

「訪問は歓迎されないようですね」ハルセンがいった。

問題は次にどうするかだ。たとえば、テレポーターを投入するなど、特殊な手段をとるしかないのは明らかだった。だが、テレポーターは乗っていない。

「このまま、ただ追尾するだけにするか?」この作戦における《ツナミ36》の僚艦、《ツナミ97》のサン・シエン艦長がたずねてきた。

「ほかになにができる?」と、エルトルス人。

サン・シエンはこの修辞的な疑問に、わざわざ答えたりしなかった。

そのときマレシュは映像がはげしく躍りだすのを目にした。一瞬のち、巨大な無限軌道車が隣りのキャビンから艦の中枢に向かって進んでくるような震動を感じる。エルトルス人はその直後、《ツナミ36》が目に見えないこぶしにつかまれ、揺さぶられていることを理解した。

だれもパニックを起こさなかったのは、司令室要員の資質をしめしている。ヘザーが大きく跳躍して逃げだすと同時に、全員がすばやくシートにおさまった。ただちに自動救命装置が作動。最初からシートにからだを固定していたハルセンだけは動かない。

「エネルギー性の爆発です」ハイパー物理学者が淡々と報告。艦内にはサイレンが鳴りひびき、乗員たちが駆け足で持ち場に向かう。

「なんだって?」マレシュがたずねた。

震動ははげしく、対抗手段のとりようがない。見えないこぶしに艦を防御バリアごと振り動かされている……《ツナミ36》が逃れる手段はひとつしかない。ベリルがミニATGを作動させてもよさそうなものだが、彼女は沈着冷静に、まだスイッチをいれていなかった。

「危険があるのか？」エルトルス人が叫ぶ。本人の感覚ではささやいたつもりだが、まわりの者たちはびくっとした。

「艦に危険はありません」と、簡潔な返事がある。

震動はつづいた。頭部は伸縮性のあるバンドでシートに固定されているため、目だけがとくにはげしく揺り動かされ、装置やスクリーンが狂ったように踊りまわって見える……地震のときによくある現象で、壁は動いていないのに、揺れ動いているように感じられるのだ。それが精神にもたらす結果も地震のときと同じで……強い恐怖感が襲ってくる。

「くりかえしますが、未知の種類のエネルギー爆発です」ハルセンはおちついていた……その無愛想な態度も、こんな状況だとおおいに歓迎したくなる。

「もうすこし、くわしくわからないか？」マレシュが《ツナミ36》を操縦して物体から遠ざけたので、震動もややましになっていた。

「そうですね……爆発はYの字の三つの末端で起きたようですが、爆風は拡散せず、方向がかたよっていました」

「じつに科学的な見解だ」ラッソ・ヘヴァルダーが皮肉っぽく口をはさむ。「どんな対策をとればいいのか、だれでもわかる」

「爆発といったな？」と、マレシュ。

「爆発のようなもの、です！」

《ツナミ36》は比較的しずかな宙域に到達した。震動も弱まり、自動操縦で制御できるようになる。

「危険はどの程度だ？」

「いや、よくわかりません……」

「つまり、あのポジションになにかが物質化し、すぐに消滅したと考えていいのか？」

ハルセンは驚いて艦長を見つめた。

「どうしてそう思うんです？」

「見せてやろう。惑星アルキストと通信する必要がある！」

回線はすぐにつながったが、通信の質は最低だった。映像はあらわれず、音声も雑音にかきけされがちだ。

「こちら《ツナミ36》のガルガン・マレシュ艦長。アルキスト、応答せよ！」

「助けて！」スピーカーから声が流れた。「あいつらがもどってきた！」

「だれがもどってきたって?」

「怪物だよ!」

スピーカーから聞こえる声は、ちいさな少年のものらしい。

「なにがあった? わかりやすく説明してくれ!」

「みんな狂ったみたいに走りまわって、大きな石が降ってきて、たくさん人が死んでるんだ」

「いつはじまった?」

「二、三分前から。みんな逃げだして、ここにはぼくひとりなんだ。助けにきてくれない? そっちはだれ?」

大きな音がして接続が切れた。なにが起きたのか、容易に想像はつく。

「これでどういうことかわかったか?」と、マレシュ。

「転轍機が……?」

「その呼び名は思った以上に実体に近かったようだ」と、エルトルス人。「まずまちがいなく、あの転轍機がどこからか、なにかをひっぱってきて、アルキストに撃ちこんだのだ」

「では、あの金色の物体がアルキスト・パーク商館を攻撃した犯人ですか?」

「犯人かどうかはまだわからないが、強く関与しているのはたしかだろう。きみのココはなんといってる、ラッソ？」

シガ星人はすでにコントラ・コンピュータにかかりきりだった。顔をあげたとき、そこにはいつにない真剣な表情があった。

「個人的な意見は意味がありません」シガ星人が大まじめに答える。「ひとつだけ確実なのは……あの物体をきわめて注意深くあつかわなくてはならないということだ」

2

チャブザワーはドアブザーを押した。待っていると、やっと笛のような音が聞こえ、入室を許されたのがわかった。

敷居をまたぐと、クルズル船長が顔をあげた。しわだらけの顔に強い不安が見てとれる。

「ニュースかね？」クルズルはきいた。

「残念な知らせです」と、チャブザワー。「移動しなくてはなりません」

「生命体を発見したのか？」

「原始的な存在ですが、それでも同じこと。ここにとどまることはできません。移動しなくては」

クルズルは苦しげなしぐさを見せた。こういう知らせを聞くのははじめてではないが、そのたびにあらためて苦痛をおぼえるのだ。

「いつか、探しているものが見つかるのだろうか？」と、しずかにたずねる。

チャブザワーは正面から相手を見つめた。

「だめかもしれません。それでも先へ先へと、休みなくつねに進みつづければ、やがては……」

その声がちいさくなって、消える。いいたいことは明らかだった。もう何度となく口にされてきたことだ。

セオリ人たちはまたしても還る場所を、おだやかに死んでいける地を、見つけることができなかった。

かれらの望みはほかにない……おだやかに死んでいくこと以外は。

クルズルは自分のからだを眺めた。あちこちに褐色の斑点がはっきりとあらわれている。セオリ人を知らない者が見ても、病気だとわかるだろう……乗員すべてがそうなのだ。

チャブザワーは船長に同情の目を向けた。

永劫の昔から、かれらセオル＝オ＝ロラスの民は宇宙を航行しつづけている。その目的は、使命は、つねにひとつだ。かんたんにいえば……

死に場所を見つけること。

船内に死に場所がないというのではない。裏腹に、毎日のように葬儀がつづいていた。それでもまた、毎日のように子供が生まれるので、この呪いはつづいていく。

それを終わらせる方法はなかった。

病気は音もなく、陰険なひろがりを見せた。いつのまにか蔓延し、最初の犠牲者が出た……よりによって、温厚さで知られるこの種族のなかに。セオリ人は戦争を知らない。そういうかたちの暴力を表現する言葉さえなく、異言語から借用しているくらいだ。

クルズルは大スクリーンにうつった周囲の星々を眺めた。

「だが、どこに？　この宇宙に、まだわれわれが向かうことのできる一角がのこっているのか？」

追放され、軽蔑され……セオリ人の船は宇宙を飛びつづけた。ときおり居住者のいない世界に行きあうと、ロボットを降下させ、鉱石を採掘し、栄養補給に不可欠な原料を採集した。その後、心の奥では望んでいない作業をしなくてはならない……採鉱した惑星を核兵器で破壊するのだ。そのあとはしばらくその場にとどまって、破壊した惑星の残骸がなにものこっていないことを確認する。

セオリ人の船団は、既知宇宙で最大の苦難を負っているからである。

この不幸な種族は恒星風〝ペスト〟を患っていた……治療法は存在しない。

「マシンをひきあげさせろ」クルズルがおさえた声でいう。「もういいぞ」

チャブザワーは把握器官を額の前で交差させ、船長の居室兼執務室をあとにした。沈んだようすで自分の〝巣〟にもどる。

かれが自室にもどっても、ミリティルはほとんど顔もあげなかった。熱心に巣の手いれをしている。楽な仕事ではないはずだ。彼女はすでにかなり病状が進んでいるから。

この悪疫が不気味なのは、患者がほとんど肉体的苦痛を感じない点だった。罹患者《りかんしゃ》はただゆっくりと、疲れやすく無気力になっていく。やがて褐色の斑点があらわれ、そうなると手足が徐々に腐りはじめる。あとは死ぬばかりだ。死は苦痛に満ちているが、すばやく訪れる。たいていのセオリ人は、大人になって子供をつくると、すぐに恒星風ペストに罹患するのだ。

チャブザワーは壁にもたれかかり、深いため息をついた。ひどい疲労に襲われている。自分の子供におどおどと目を向ける時間は、もうほとんどのこっていないだろう。まもなくかれは……ほかのセオリ人と同じく……つねに看護が必要な状態になる。

かぼそい手足を持つセオリ人がもっとも重視するのは、自分たちのもふくめた、生命の尊重である。セオリ人はほかの生命体を殺そうと思わないし、自殺など論外だった。

はるか昔、恒星風ペストがはじめて確認されたとき、船を恒星に突入させることを主張した者がいた。そうすれば船も乗員も病気もろとも、連鎖核反応に焼きつくされるから。だが、賛同する者はいなかった。

以来、セオル＝オ＝ロラスの船団は、生命を充満させながら、その数千倍の死を運んで航行している。

もっとも強い自然の衝動に抵抗できる者など、いはしない。子供たちを襲う凄惨な運命がわかっていても、セオリ人は増えつづけ、船団は徐々に大きくなっていった。だが、ときとして、急に縮小することがあった……どこか宇宙の一角で、病気を不安に感じる好戦的な種族と出会ったときだ。そのたびにセオリ人の船は破壊され、数百人の死者が出た。

セオリ人はそんな事態をなんとしても避けるため、秘策を考えだした。自分たちが理解できない戦いは忌避《きひ》する、自分たちが忌避される理由は理解する、というものだ。

かつてはそれほど注意がいきとどいていなかった。この凄惨なオデッセイの初期のころは、乗員わずか五十名の、ちいさな船が一隻だけだったのだ。だが、セオリ人ならだれでも、成長するにつれ、この船でなにが起きているかを知ることになる。セオリ人ならだれでも、恒星風ペストをほかの生命体にうつしたらどうなるか、知っている……苦しみぬいて、すぐに死んでしまうのだ。

「いつごろになりそうだ?」チャブザワーはたずねた。食糧貯蔵庫から粥《かゆ》の袋をとりだし、ゆっくりとたいらげる。味はよかったが、満足感は得られなかった。死への不安のせいだ。船内のだれも、それから逃れられない。だれもが不安にとりつかれている……生命を愛しているだけに、死を恐れるのだ。

ミリティルが顔をあげ、大きな暗い目をチャブザワーに向けた。かれはそこに同情の色を見てとり、胸が痛んだ。

「もうすぐよ」ミリティルがいい、そっと自分の腹部をなでた。もうすぐ産卵の時期だ。あと二日ほどだろう。

チャブザワーはミリティルのほうに腕をのばし、その手に触れた。セオリ人の女はほとんどの場合、出産を生きのびられない……肉体の負担が大きく、エネルギーを消耗するため、病気で弱った肉体にのこっていた最後の備蓄を使いきってしまうのだ。

「わたしたちがなにをしたっていうの」ミリティルはパートナーごしに遠くを見つめた。「どうしてこんな罰をうけるの？　生まれてもいない子供たちまで。まだほんとうに生きてさえいないのに、もう死に毒されているのよ」

チャブザワーはからになった袋を貯蔵庫にもどした。物資はつねに欠乏ぎみで、貴重だった。だれも住んでいない、生命の存在しない惑星を発見しなくてはならない。近傍の星系にも居住者がいないところを。

それ以外の星系を、セオリ人はめざしたことがない……恒星風ペストをひきおこすウィルスが恒星風に乗って飛ばされ、ほかの惑星に死と破壊をもたらすことを恐れたのだ。

「生命とはそういうものだ」チャブザワーが答えた。「物質の存在形態のうち、死を知るものを生命と呼ぶ……死は存在の対価なのだ」

「それでもやっぱり……」

チャブザワーは両腕でミリティルを抱きしめた。知りあったのは最近だが、ふたりのつながりは、すでに強固なものになっていた。

「事態を変えることはできない。逆らうのは無意味だ。なるようにしかならない」

＊

セオリ人の船団はゆっくりと宇宙を航行していた。急ぐ理由はない……永遠にさまよいつづけるだけで、目的地というものはないのだから。

やがて一星系に到達。主星は薄暗い黄色恒星で、惑星はひとつだけ……主星との距離が大きく、セオリ人の基準からすれば充分に役だちそうだ。

七十隻弱からなる船団は、惑星周回軌道上に腰をおちつけた。ゾンデが射出され、惑星に百キロメートルまで接近して、地表のようすを報告する。セオリ人自身はそこまで接近はしない……ウィルスが惑星上にひろがるのを恐れているから。

セオリ人技術者たちが忙しく映像を処理するあいだ、チャブザワーは自室にこもり、絶望にさいなまれていた。

ミリティルは産卵の時期を迎えている。ふたりはたがいに別れを告げあっていた。彼女が産卵を生きのびられるかどうかわからないから。生きのびるケースもあり、チャブザワーは今回がそうであるよう、星々のあいだのあらゆる神々と精霊に祈りを捧げた。

まれにセオリ人もかなりの高齢まで生きつづけることがあり、当然かれは、自分とパートナーがそうなることを願っていた。

船内スピーカーから声が流れた。

「惑星の状況はよさそうだ」報告するのは新船長だ。クルズルは一週間前に倒れ、死去していた。「多量の原材料を採集できるだろう」

「原材料か」チャブザワーがひとりごちる。「わたしにとって、なんの意味がある?」

ミリティルは、セオリ人の慣習に従って隣りの産卵室にこもっていた。通常、セオリ人の女は一時間ほどかけて、卵を一個、まれに二個産む。産卵が完全に終わるのは四、五時間後で、そのあとは男が卵の世話をする……たいていの場合、女はすでに死んでしまっているから。

三時間が過ぎ、四時間めがゆっくりと進んでいく。チャブザワーはときどきスピーカーから流れる声に耳をかたむける以外はじっとすわりこみ、なにも考えないようにしていた。この状況では、なにを考えても苦痛なだけだ。

ときたま友が通りかかって挨拶し、言葉すくなに話をして、またはなれていった。ひとりで悩むのがセオリ人の習慣なのだ……ときどき友が声をかけるのも。

五時間後、チャブザワーの肉体と精神は限界に達しかけていた。もう隣室のドアを開けていいだろう。そうすれば、卵を孵化コマンドに託すことができ……そのあとはミリティルの遺体を厳粛な葬儀に付し、コンヴァーターにひきわたすことになる。

そのとき、隣室のドアが急に勝手に動き、チャブザワーは自分の目を疑った。驚きのあまり、跳びあがるように席を立つ。

ドアが開き、ミリティルが姿をあらわした。消耗しきったようすだが、生きている。

チャブザワーは飛ぶような勢いで駆けより、そのからだを支えた。寝台にそっと横たえる。血がゆっくりと着実に循環するのが、〝血の窓〟から見えていた。だが、なによりも重要なのは……その血が驚くほどみずみずしいグリーンで、まるでミリティルが恒星風ペストに罹患していないように見えることだった。

チャブザワーは産卵室に飛びこんだ。室内には特徴的な甘い香りが漂っている。セオリ人ならすぐに死と産卵を連想するにおいだ。枕の上に卵がならんでいた。六個もある。

チャブザワーは息をのんだ。

六個のうち、ひとつは標準からはずれていた。ほかよりも大きく、真っ白に輝いている。本来ならもっとちいさく、まるく、グリーンがかっているはずなのに。だが、セオリ人の卵には違いない。なにをすべきかはわかっていた。

卵を次々と、慎重に卵袋にうつし、ゆっくりと通廊に出る。行きあう者たちは中身のはいった卵袋を見るとすぐに事情を察し、当然、礼儀正しく道をあけた。チャブザワーはその横を急いで通りすぎ、孵化コマンドのいる区画に向かった。

カウンターにはすでに五、六人の父親が、卵を専門家にゆだねようとならんでいた。産卵で妻を亡《な》くし、泣いている者も多い……無表情な者や、自分の卵が生まれてうれしそうな者もいる。チャブザワーはできるだけ平静な表情を心がけたが、本心では大きな歓喜の声をあげたいくらいだった。妻はまだ生きている。それは期待した以上の僥倖《ぎょうこう》だった。

カウンターの向こうにいる受付係の女が卵を注意深くうけとり、熱したピンで殻に数字を書きこみ、制御室にならんだ孵化器に運びこむ。幼いセオリ人が殻を破るまで、細心の正確さで管理するのだ。こうするしかないことはわかっていた。さもないと、子供をつくれる年齢まで生きのびられない。

「六個ですか。おめでとうございます」受付係がカウンターごしにいった。熱したピンを手にし、殻に数字を書きこんでいたが、「すみませんが、これはうけつけられません」

彼女が指さしているのは六個めの、白い卵だった。

「どうして？」

「これは標準的な卵ではありません。見てください。これがふつうの卵です。これはそうではありません」

「では、なんなんだ？」チャブザワーは憤然となった。

受付係は押し殺したため息を洩らした。

「もちろん、卵だということは見ればわかります……でも、うけつけることはできないんです」

「孵化部門の責任者に面会を要求する。いまここでだ！」と、チャブザワー。

「わかりました」

受付係はカウンターの向こうに姿を消した。チャブザワーがからだの向きを変えると、ほかの父親たちの顔が見えた。どの顔にも怒りの表情がある。それは理解できた。セオリ人の男の多くは、卵に関する作業が迅速・円滑に処理されることを望む……チャブザワーはそこに混乱をもたらした。それが神経にさわるのだ。

孵化部門の責任者はすぐにやってきた。巨漢のセオリ人で、チャブザワーも何度か会ったことがある。責任者は問題の卵に不審そうな目を向けた。

「むずかしい問題です。まちがいなくセオリ人の卵ですが、同時に、そうではないともいえる。どうすればいいのか、わたしにもわかりません。同行していただけますか？」

チャブザワーは身振りで同意をしめした。あとの五つの卵はそのままうけつけられ、孵化責任者は問題の卵を持って、チャブザワーといっしょに部屋を出た。向かった先は船長室である。

そこはチャブザワーが前に訪れたことのあるキャビンだった。どの船長も同じキャビンを使うのだ。

「なにがあった?」と、船長。

孵化責任者が事態を説明した。卵は枕の上に置かれ、白く輝いている。だれが見ても、明らかにふつうの卵ではなかった。

「わたしがもとめるのは、この卵が規則どおりうけつけられ、孵化することだけです」と、チャブザワー。「これはわたしの権利です」

船長はしばらく考えこんだ。

「この卵はうけつけて、孵化させる」と、最終的に決断。「稀有《けう》な事例だが、そうするしかない。この卵が生きていることを考えれば、ほかの選択はありえないだろう……その結果なにが起きるか、見当もつかないが」

孵化責任者がふたたび卵をとりあげ、ふたりは受付にもどった。チャブザワーとミリティルのあいだに生まれた六個めの卵は受付をすませ、孵化器に運ばれた。孵化部門の計算機が手順どおり卵に名前をつける。だが、その名前が使われることはほとんどなかった。

公式の名前はハタバーだったが、その子はエイリングと呼ばれた。

ただ、チャブザワーがそれを知ることはなかった。時間のかかった受付を終えてキャビンにもどると、ミリティルが死んでいたのだ。ついに力つきたらしい。伴侶《はんりょ》の死という大きな衝撃をうけ、チャブザワーもその数時間後には息をひきとった。
もっとも有名なセオリ人となる息子の顔を見ることは、とうとうできなかった。

3

トクサルはクロノメーターを見た。かれがダレエナ・ガワンタルをひと目見て恋に落ちてから、ちょうど二年と十七日と七時間がたっていた。

恋というのは、零落した家族の一員である若いスプリンガーにとって、かんたんに耐えられる心情ではない。しかも、相手はトクサルのように転子状船《ころじょう》で宇宙を放浪する一族ではなく、惑星居住者で、古く高貴な、裕福な家の娘だ。ダレエナの父親なら、トクサルが属する船団をまるごと、ポケットマネーで買いとることもできるだろう。ガワンタル家が属する世界は、出どころの疑わしい、かろうじて宇宙航行に耐えられる船に乗った、見るからに士気の高くない乗員たちの世界とは別物だった。

ダレエナとトクサルが出会うことなど、本来はなかったはずだ。ダレエナの父親が権利者として《ザラルⅣ》を見に行ったりせず、トクサルの喧嘩っ早い飲んべえの父親が、いつものごとく当局の警備員と揉《も》めたりしなければ。

トクサルは父親の駐機場のグライダーを操縦して、地元の留置所に向かっていた。一方、老ガワンタルの召使いロボットも、べつの豪華なグライダーを操縦していた。こうした召使いロボットはたいていの事態に対処できる。だが、トクサルの奇妙な反応は想定外だった。

グライダーに乗っていたダレエナを見かけ、その姿に見とれて操縦がおろそかになったのだ……一瞬のち、両機は衝突した。

トクサルにとって、ダレエナの姿は衝撃的だった。細身で白い髪、高貴なアルコン人の特徴である赤い目。いくつもの異星の言語を使いこなし、アルコン文化をすみずみまで知りつくし、聡明で教養があり、美しく裕福……ひと言でいえば、想像力の貧弱なトクサルが夢にも思い描いたことのなかった女性だった。

ダレエナもひと目でトクサルに魅了された。男性に賞讃の目を向けられるのは慣れっこだったが、ぽかんと口を開けて見とれる相手ははじめてだったのだ。肌色の濃いがっしりした赤毛のスプリンガーが、明るい色の目をまるくしているのも、彼女には新鮮だった。そんな若い男の姿を見たことがなかったから。この奇妙な生命体のサンプルは、どこから脱出してきたのだろうと思ったくらいだ。

そしていま、ふたりはトクサルの遠い親戚が用意してくれた愛の巣に向かう逃避行の途中だ……あまり知られていない惑星のかたすみの閑静な場所で、惑星アルコンから遠くはなれてはいないが、宇宙船が雲霞《うんか》のように群がる主要コースからは完全にはずれている。

その惑星はアルキストといった。ふたりはそこに駆け落ちしたのだ。

トクサルは無限につづくかと思えるジャングルの上をグライダーで飛行していた。ダレエナが景色を堪能できるよう、たっぷり時間をかけて。一面のグリーンの絨毯《じゅうたん》の表面から水蒸気が湧きあがり、空気をねっとりと湿らせている。グライダー内は空調がきいているが、外の状態を想像するだけで、肌が汗ばんできそうだった。

「やっとふたりきりになれたね」トクサルはダレエナの手をまさぐったが、生来の不器用さから、彼女の手ではなく、スイッチに触れてしまった。グライダーのキャノピーが開き、ジャングルの熱気が殴りつけるように押しよせてくる。ダレエナが怒りの声をあげ、トクサルは懸命に、なにが悪かったのかを探った。ややあって、ようやくスイッチを探しあて、キャノピーを閉じる。

失敗を愛情で挽回するかのように、かれはダレエナに笑みを向けた。

「もうすぐそこだよ！」

ダレエナを厳格な父親のもとから救出するため、トクサルは縄梯子《なわばしご》で屋敷に忍びこんだ。ドアは大きく開いていて、見張りもいなかったのだが。最後の段で足を踏みはずし、前歯を折ってしまった。そのため、笑うと奇妙に愛嬌のある表情になる。

トクサルはもう一度クロノメーターを見た。ＮＧＺ四二四年十月十五日。愛の巣となるちいさな家を親戚に借りたのは、ちょうど三週間前だ……代償として、相手からのちょっとしたたのまれごとを処理した。関税がらみのことで、それなりの危険はあり、完全な違法行為だったが、恋に盲目となったトクサルは法律など気にしなかった。

「その先だよ！」

「やっとね」ダレエナはため息をついた。

アルコン人の彼女はトクサルより暑さには強いが、湿気はやはりからだにこたえている。

トクサルはひそかに口笛を吹いた。親戚の言葉に誇張はなかった。ほんとうにすばらしい場所だ。周囲を高い木々にかこまれたひろい湖のまんなかに小島があり、そこに白い建物が建っている。

「見ろよ！」トクサルは、まるで自分が建てたかのように自慢げに叫んだ。

ぶつけたりしないよう、慎重に建物のそばに着陸。こんどは自分からキャノピーを開いた。

花の香りが湖をわたり、どこかで小鳥がさえずっている。まず想像もできない、ほとんど完璧な牧歌的風景だ。

「いったとおりだろう？」トクサルはそういって、また歯の欠けた笑顔を見せた。ダレエナも弱々しい笑みを返す。

彼女は一瞬ごとに、この冒険への後悔を強めていた。トクサルに惹かれた理由が徐々にはっきりしてきたのだ。それはかれが、これまでにつきあった男たちの対極の存在だったから。父が理想的な伴侶と考える男にもとめるはずのない資質を、トクサルはすべてそなえていた……背が低すぎ、赤毛で、不器用で、無教養で、まさに〝もっとも理想的でない伴侶〟の戯画のようだ。しかもかれにはそばかすがあり、金がなく、いつか金を稼げる希望もない。

トクサルはダレエナがグライダーから降りるのに手をかした。それから家に行くが、ドアの鍵を開けるのに五分かかった。そのあと、ダレエナを抱きかかえてドアをくぐろうとする。

みじめに失敗した。ダレエナをかかえたままよろめいて、体勢をたてなおそうとし、彼女の頭をドア枠にぶつけてしまったのだ。結局は、濡れた袋をかつぐように、恋人を肩にかついでドアをくぐった。

つまりダレエナは、ドアが閉まったあと、ようやく家のなかを見ることができたわけだ。それまで彼女はそれなりに豪華な内装を期待していた。

だが、室内には惑星レプソの風紀警察がただちに禁止しそうな、下品な芳香をはなつ草が垂れさがり、華美に飾りたてられた家具からは衣服があふれ、壁には驚くべき絵画がかけられていて……どこを見てもダレエナには、そこが放埒《ほうらつ》のかぎりをつくした下賤な男の住居としか思えなかった。

トクサルが満足そうに微笑する。

「きれいだと思わないか？」

ダレエナはその場から消えてしまいたかった。実際、そのつもりで踵《きびす》を返し、ドアを開けて外に走りでた。

だが、この日はNGZ四二四年十月十五日……惑星アルキストに恐怖が侵攻してきた日だった。

ダレエナがグライダーにたどりついたとき、地面がはげしく揺れ、大気そのものが荒れ狂いはじめた。彼女のすぐ近くに最初の脅威が出現した。

ダレエナは悲鳴をあげ、悪徳の巣に逃げもどった。

それが十月十五日のことである。

＊

「まだいる？」

「ああ」と、トクサル。「包囲された！」

そうこうするうちに十月三十日になった。この二週間、ふたりは愛の巣に閉じこもっていた。家は異星の戦士たちに囲まれている。敵は槍や斧で武装し、包囲を解くようすはない。

昆虫戦士がどこからきたのか、目的はなんなのか、見当もつかなかった。いずれにしても、愛の逃避行がおおいに損なわれたのはまちがいない。

「あなたのいうことなんか、聞くんじゃなかったわ！」ダレエナの言葉は、トクサルには耳新しくもなんともなかった。この二週間、ずっと聞かされつづけてきたのだ。ふたりにとってさいわいだったのは、その家に充実した図書室のほか、かなりの量の飲料が用意されていたことだった。さらには射程の長いインパルス銃も数挺《ちょう》あり、おかげでこれまで、たてこもっていられた。

だが、いまや最期の瞬間が迫っているようだった。昆虫戦士が総攻撃の準備を開始したのだ。

「なんとかしなさいよ！」ダレエナは文句をいいつづけている。「あの昆虫ども、わたしたちを殺す気だわ。いったいどこからきたのかしら？」

トクサルもそれは何度となく考えた。かれはあまり教養があるほうではなく、いま目にしているものは、若いスプリンガーの理解力をはるかにこえていた。ただ、一点だけは確信がある……これが異常事態だということだ。宇宙の悪魔のいたずらでなければ、ペリー・ローダンの責任にちがいない。スプリンガーは窮地におちいると、習慣的にテラナーのせいにしようとする。

「武器をとれ！」トクサルは恋人に向かって叫んだ。二週間にわたってろくに眠っていないダレエナは、かれの思い出のなかの姿とはまるで違ってしまっていた。「とにかく身を守るんだ」

「家にいればよかったわ」ダレエナが嘆息する。

トクサルは窓の外をのぞいた。昆虫戦士は掩体《えんたい》に身をかくして家を包囲し、とりあえずは動きだしていない。家の壁には無数の矢がつきささっていた。グライダーは、好奇心からスタートさせようとした戦士が失敗し、数体を道連れにして湖につっこんでいた。トクサルもこの二週間、わずかな眠りさえほとんどとっていない……ふたりでずっと抱きあってすごすという本来の計画は、試行段階ですでにつまずいた。結果としてかれは疲れて不機嫌になっており、敵もそのことを計算にいれているだろうと思えた。だとしたら、一斉攻撃をかけてくるはず。屋根に火をつけようとするかもしれない。

ふたりがこの戦いを生きのびられる確率は、計算するまでもなかった……ゼロだ。だが、それをいうなら、昆虫戦士が空から降ってくる確率もほとんどゼロだったはず……確率がいささか狂っているとしかいいようがない。

「くるぞ」と、トクサル。

武器をあげ、発砲。エネルギー弾倉は、なぜか愛の巣に大量に用意されていた。トクサルは敵を殺すのに抵抗があり、昆虫戦士を追いはらう攻撃を心がけた。うまくいったかどうかは疑わしいが。

敵は四方から押しよせてきた。

その雄叫《おたけ》びは甲高いさえずり声で、神経にこたえた。いつものように、ダレエナが大音量で音楽を流す……敵の雄叫びを聞こえなくする目的と、昆虫戦士が低い音に過敏に反応するからだ。そのため彼女は、とくに低音を強調するよう調節していた。

「思ったとおりだ」と、トクサルはつぶやいた。

うなりをあげて飛んできた火矢が屋根にあたった。矢は数秒そのまま持ちこたえ、やがてぬけて落下した。火が屋根に燃えうつったかどうかはわからない。

さらに矢がつづけざまに飛来した。窓をつきやぶることはできないが、壁の一部が集中的に狙われ、割れ目から矢が飛びこんでくるようになった。ビロードばりのベッドだけでも、矢が十七本と槍が三本つきささっている。

トクサルはふと思いついて、昆虫戦士を押しもどすため、家と湖のあいだに攻撃を集中した。敵を倒すことはできないが、砂が白熱し、敵は前進できなくなった。

「なにか聞こえないか？」音楽に負けないよう、大声で叫ぶ。家のなかの音はよく響くが、外の物音はまったくわからない。

「なにが聞こえるっていうの？」ダレエナは叫びかえし、周囲をひとしきり銃撃した。

「炎のはぜる音だ。屋根に火がついてないかどうか知りたい」

　ふたりは上に目を向けたが、なにもわからない。

　戦闘はつづいた。昆虫戦士が大股に砂の上を進み、槍を投げてくる。槍は音をたてて室内に飛びこみ、床につきささったが、その前に音楽を流している装置を破壊した。いまやスピーカーから流れるのは、かぼそいすすり泣きでしかなく……その音もひどくひずんでしまっている。

「ひどいな」と、トクサル。

　背後でなにかが音をたて、振り向くと天井にひびがはいっていた。なにかが燃えながら落ちてくる。

「屋根が燃えてるぞ！」トクサルは叫んだ。

「焼き殺す気だわ」と、ダレエナ。

　トクサルは恋人に目を向けた。こんな状況は映画でしか見たことがなく、そこから学んだことにしたがえば、そろそろ彼女が恐ろしい運命のいたずらで、昆虫戦士の手に落ちるはずだ。そうなれば、攻撃の手をゆるめなくてはならない。かれは懸命に、そのあとのシーンを思いだそうとした。

　とはいえ、昆虫戦士がダレエナと特別な関係になることは想像がつかない……ダレエナといっしょに死のうとして自分だけ生きのこった場合、彼女の父親にどんなあつかいをされるかなら想像できるが。

屋根の一部が音をたて、火花をまきちらして落下してきた。外の昆虫戦士の興奮したさえずりが大きくなる。戦いはいやおうなく終局に向かっていた。

「ドア枠のなかにいろ！」トクサルが叫ぶ。「そこなら梁が落ちてきても安全だから」かれ自身も玄関ドアに身をよせた。屋根の一部、梁、はめ板、割れたプラスティックなどが次々と落ちてくる。ビロードをはった素材は炎の恰好の餌食《えじき》だった。音楽再生機からはげしく炎が噴きあげている。音声リールが燃えあがったらしい。大きなベッドのビロードの天蓋も燃えはじめた。

この家には現代のテクノロジーが装備されている。システムは攻撃で大きく損傷しただろうが、ようやくスプリンクラーが作動した。

大小さまざまな半ダースほどのノズルから水が噴きだし、ロボット操作のバルブが白い泡状の消火剤を屋根に吹きつける。

そんななか、トクサルははじめて昆虫戦士を間近から見ることになった。一戦士が泡だらけになりながら居間に飛びこみ、ベッドのそばに着地したのだ。立ちあがるとき、くすぶっているベッドカバーがそのからだに巻きついた。

それはトクサルの精神の限界をこえた光景だった。生死のかかった状況であることはわかっていたが、とてもまともではいられない……人間大の昆虫が全身泡まみれになり、からだから消火剤を垂らしながら、深紅のベッドカバーを古代ローマのトーガのように巻きつけている……頭がおかしくなりそうだった。

戦士が斧を振りあげ、トクサルの頭を狙う。

それを見ながら、スプリンガーは麻痺したように身動きできなかった。あまりの感情の振幅に、からだがついていかない。

恐怖に見開いた目の前で、昆虫戦士が空気中に溶けるように瞬時に消え去るのを見たトクサルは、その場にくずおれた。急いであたりを見まわすと、ほかの戦士たちにも同じことが起きている。

トクサルは意識を失った。

ダレエナは最後に一発撃ったあと、武器を投げだしていた。背後でちいさく炎のはぜる音がする。室内はひどいありさまだった。ドアの前ではトクサルが倒れている。

ダレエナはかぶりを振り、

「まったく!」と、ばかにするようにつぶやいた。

4

「報告内容を確認できるか?」

アルキストの通信士は一瞬沈黙したあと、エルトルス人の質問に答えた。

「窓の外を見るだけでできますよ。ここ数日で起きていたことが、解消しはじめてます。場所によって早かったり遅かったりはしますが。かわってべつの厄介ごとが起きています。色つきのボールが数十万個も出現しました。いったいどうすればいいんです? 明らかに生きていて、やることといえば、住民を見るとぶつかってくることだけです。わたしなんて全身が青痣《あおあざ》だらけですよ」

ガルガン・マレシュはにやりとした。

「これできみたちテラナーも、サッカー・ボールがどんな気分なのかわかっただろう」

と、愉快そうにいう。

「そんな気分、わかりませんよ。これがどういうことなのか、見当くらいつきませんか? ローダンはどうしたんです? こないつもりですか?」

「それには、もうしばらく……」

「もうきていると向こうに伝えてかまわない」背後からおちついた声が響き、マレシュは振りかえった。

「やれやれ、こういう出現のしかたは、あわれな老エルトルス人の心臓に悪いもんですな。ようこそ、本艦に」

ペリー・ローダンは親しげに微笑した。

「なにか新しいことは？」

マレシュは現状を手みじかに説明した。

「第一、これまでアルキストに出現した物体はここ数日で明らかに消滅したようです。第二、あらたな宇宙ごみが出現し……それはちょうど、転轍機の奇妙な噴射が確認されたのと同時でした」

ローダンは鼻の左わきをこすった。

「ポジトロニクスの見解は？　関連性があるといっているのか？」

「確実にあるとのことです」と、ハンス・ハルセンが答える。「どこかで物体を収集し、それをまた吐きだしたのだろう、と」

「数日前にやってきた生物はどうなった？　それも消滅したのか？」

「ええ、まるで最初から存在しなかったかのように、消えてしまいました」

ローダンはこの報告が、第一印象とは異なり、安心できないものだと感じた。そのすぐれた記憶力で、ほかにも大規模な消滅が起きた事例があったことを思いだす。当時はアルコンのロボット摂政が、ローダンに助けをもとめてきたのだった。つまり、アルコンⅢの巨大ポジトロン脳が、ある現象を正しく処理できなくなり、テラナーに助力をもとめたのだ。あのときも物体や、とくに人が次々と消滅し、惑星がひとつ、まるごと無人になったもの。

それはロボット摂政が推測したような陰険な奇襲ではなく……ハイパー物理現象のひとつだった。通常は起きるはずのない、ふたつの連続体の接触が起きたのだ。アインシュタイン宇宙とドルーフの連続体が接触し、両者の重層ゾーンで人類が消滅した。かれらはドルーフ宇宙に移動しており、そこでは時間の流れが、テラナーやアルコン人の住む宇宙より数万倍遅くなっていた。

ローダンはこの経験を思いおこし……大きな不安をおぼえた。

そうした現象に時間が重要な役割をはたしていたことを考えると、この物体はきわめて憂慮すべきものだ。どんな種類の、どんな出自の存在でも、時間に関する実験に手を染める生命体には、とりわけ真剣に対処しなくてはならない。島の王たちの時間転送機からはじまって、震動守護者までつづく、長い物語があるのだ。

「アルキストにあった物体や、そこにいた者たちも消えてしまったのか？」

「住民ということですか？」アルキストの通信士が質問に応じて、「いまのところ、そうした報告はありませんが、行方不明者の報告はありますが、この現象によって消えたのか、ほかに理由があるのか、まだわかっていません」

「行方不明者がいる？」

「二名です。恋人同士だということですが、男はスプリンガー、女はアルコン人の貴族令嬢でして……こんなカップルがありますかね？」

「調べてみないとなんともいえないな」

「とにかく早急にお願いします」と、アルキストの通信士。「色つきボール状の生命体はとんでもない大食いで、しかもひどくうるさいんです。夜になってもこの調子だとすると……」

「多くの住民が不安がるだろうな」と、マレシュ。

「転轍機がまた噴射しています！」

ローダンは転轍機がうつしだされた大スクリーンを見た。またしてもYの字の腕の部分にエネルギー性の霧が発生しているが、そのようすは前回以上に奇妙だった。

「なんと！」エルトルス人が声をあげる。「なにか吐きだしたぞ」

質量走査機を見ると、この時空連続体に物体が出現しているらしい。走査機のしめす数値から判断して、きわめて大きな物体だ。たぶん宇宙船だろう。

「さらに一隻」ハルセンが叫ぶ。「一船団が出現しようとしています！」

「すこし後退しろ」と、ローダン。「なにがあらわれるにせよ、ここで引き金はひきたくない」

「了解」と、マレシュ。もう一隻のツナミ艦の艦長も聞いていて、両艦は同時に後退した。

「何隻くらいいそうだ？」

「推定五十隻です」じっと計器を見ていたハルセンが答える。「さらに増加中」

「侵略だわ！」と、ル・マロン。「どこからともなく出現する大船団なんて！」

「正しい表現だな」ローダンは腰をおろし、脚を組んだ。「なにが起きるか見てみよう。アルキストと通信はできるか？」

「回線はつながっています」と、マレシュ。「ハロー、アルキスト、なにか新展開はあったか？」

「なにも」うんざりした声が返ってきた。「ですが、早く大量の耳栓を送ってくれないと、全員、頭がおかしくなってしまいます」

マレシュは笑い声を響かせた。色とりどりの生きたボールの大群が惑星じゅうをはねまわり、人々が悲鳴をあげて逃げまわるというのは、転輸機付近の状況とは正反対だった……こっちでは次々と宇宙船が出現し、とても笑うどころではない。

「五百隻になりました」と、ハルセン。

「映像を見られるか？」

「右の画面に出します！」ハルセンの指がキイボードの上を動く。

一側面スクリーンに異船団がうつしだされた。コルクぬきのかたちをした細長い船で、らせん部分の断面は六角形になっている。

「ふむ」マレシュが声をあげた。「見た目は……こういってはなんだが、ある種のパスタを連想させるな。特殊な形状のパスタを……」

「そんなことを考えるのはエルトルス人だけだな」ラッソ・ヘヴァルダーが口をはさむ。

「宇宙のすべてを食べものの視点で見てるんじゃないのか」

「そういう部分もある」と、マレシュ。「たとえばシガ星人を評価するなら……歯のあいだにもはさまらない、といったところだ」

ラッソの無言の身振りは、〝やっぱりな〟といっているようだった。

「たしかにそのとおりだ」ローダンがちいさく笑いながらいう。「ここはエルトルスの友に敬意を表して、〝パスタ船〟と呼ぶことにしよう」

「やめてください」マレシュは両手をあげた。「わたしの評判に関わります。〝らせん船〟でどうでしょう」

「そのほうがましですな」と、ヘヴァルダー。「何隻になった？」

「六百二十八隻です」ハルセンが答える。「どれも基本的に同じ大きさで、全長二キロメートル、幅五十メートルです」

ローダンは映像を見つめた。

「色もこのままなのか？」

「このままです。らせん船はどれも実際に漆黒です」

またしても画面が揺らいだ。エネルギー雲のなかにとりわけ明るい放電が発生し、エネルギー嵐がやむ。

「また一隻！」ハルセンが叫んだ。「同型船ですが、色は銀色です」

一瞬のち、その船が大全周スクリーンに表示される。

「サイズも小型ですね。全長はせいぜい三百メートルです」

そのとき、寡黙なオクストーン人のドルウトがしずかに口を開いた。

「地球のミツバチと女王バチを連想しますね」

ローダンはうなずいた。黒いらせん船が銀色の船のまわりに集まりはじめると、ドルウトの指摘した印象はさらに強まった。

「アルキスト、そちらに着陸した船は存在するか？」

「通常の商船だけです」と、惑星上の通信士。「でも、こっちは現状だけで手いっぱいです。この狂ったボールども、ここ数日で降りかかってきたものより、たちが悪い」

「アルガー・スターバルはどこだ？」と、ローダンがたずねる。

「外をまわって、カオスのなかに秩序をとりもどそうとしてます。わたしは代理の代理でして」

「なるほど」それなら通信士がしきりに救援を要請するのも納得がいく。ローダンはマレシュのほうに顔を向けた。「われわれはもうすこし接近する。《ツナミ97》にはすこし距離をとらせろ」

「しかたありません」と、サン・シエン。

マレシュが《ツナミ36》のエンジンをふかす。かれは優秀な操縦士で、こういう危機的状況で必要な安心感を周囲に振りまいた。

「銀色の船に向かえ。ゆっくりだ」と、ローダン。

《ツナミ36》は微速で前進を開始した。ツナミ艦の速度が……感度の悪い走査機でも……測定できる程度になると、らせん船のほうも動きだした。群れが集中していく。ハルセンはポジトロニクスでその動きの結果を推測した。

「われわれと銀色船のあいだに割りこもうとしているようです」

「ほんとうに女王バチだな」と、ローダン。

この状況は気にいらなかった。転轍機はきわめて危険に感じられる。アルキストではいまも、生きているボールと人類がどたばた喜劇を演じていて、そのことが危険な印象をさらに強めていた。島の王たちが当時使用した状況転送機や、かつて〝それ〟が人類に提供したフィクティヴ転送機のことが頭をよぎる。

この〝時間転轍機〟は、セト＝アポフィスの新兵器ではないか……だからまだ、不完全なのか？

「ゆっくりと接近しろ」と、ローダン。

らせん船団が球状に密集する。銀色船の背後を守るのは二隻だけだ。

《ツナミ36》はそろそろと、らせん船の群れに接近していく。

マレシュはときどきエネルギー走査機に目を向けた。艦載ポジトロニクスは驚くほどの短時間でバリアを展開。ベリル・ファンセは同じく短時間で、《ツナミ36》がATGフィールドにかくれる準備を終わらせた。

とはいえ、こちらに発砲を探知されずに、いきなり攻撃できる兵器も存在する。たとえばトランスフォーム砲だ。トランスフォーム砲で武装した敵に接近するときは、相手が口火を切るのを待ってはいられない……それでは手遅れになる。

「あの宇宙船は考えられないほど頑丈にできています」と、ハルセン。「装甲が非常に厚く、内部から破裂するのを恐れているようにも見えます」

「ほかにわかったことは？」

「多くありません。エンジンの能力は平凡で、探知機もありきたりのものです」

「通信を試みるんだ」と、ローダン。

突然、《ツナミ36》の司令室にまばゆい光があふれた。一瞬遅れて制御回路が働き、光量が通常にもどる。

「いまのはなんだ？」マレシュがたずねた。「光でこちらを照らしてきた。なんのつもりだろう？」

「周波が変化しています！」と、ハルセン。

「どっちにだ？」

「紫外線から徐々に長くなり、いまは可視領域です」

実際、光の色温度が低くなり、赤に近づいている。

「なにかの合図かな？」ローダンは首をひねった。スクリーン上の輝きもしだいにおさまってくる。らせん船団全体が、《ツナミ36》に向かって徐々に長い波長の光を浴びせているのだ。光学部門はその光を記録し、司令室に送信した。

「相手が人間だとしたら、意味はわかります」ドルウトがいった。

「聞こう」

「ハンス、光の周波数が変化する速度はどのくらいだ？」

「だんだん遅くなって、どうやら暗赤色あたりでとまりそうだ」

「だとしたら、警告信号でしょう……赤は〝とまれ〟です」

《ツナミ36》はまだ比較的低速で漆黒の船団に接近しつづけている。

そのとき、また光があふれた。エネルギー走査機が停止する。同時に《ツナミ36》のバリアが反応した。

「心配ありません」と、マレシュ。「かなり遠方の核爆発で、われわれに危険がおよぶほどの強さではありません」

「一種の宙雷だろう」ローダンが低い声でいう。「向こうは交渉する気がないということ。こちらを恐れているのかもしれない」

「《ツナミ36》は恐れるほど大きくも、強力でもないんですが」と、マレシュ。「呼びかけに応答はあったか？」

「なんの反応もありません」と、ハルセン。

「応答しないのか、できないのか？」

「わかりません」

グレイの猫がはいってきた。ローダンはそれを抱きあげ、そっとなでた。ふと、グッキーのことを思いだす。よく頸をなでてやったもの。いま、ここにテレポーターがいたら、とても有用だろう。ローダンはミュータントの投入を考慮した。

「アルキストに変化はあるか？」

マレシュが惑星側と話をし、答える。

「ありません」

「宇宙服を用意してくれ」ローダンはヘザーを床におろす。猫は伸びをして、ベリル・ファンセに近づいていった。

「なにをするんです？」

「向こうに行ってみる。好戦的な相手には見えない……大きな不安をかかえているようだが……宇宙服の人間がひとりだけなら、脅威とは感じないだろう」

「危険すぎます！」ベリルが反論する。

「こうした任務ははじめてではない」ローダンは微笑した。「それに、きみたちが近くにいる。さ、宇宙服をもらえるかな？」

「意志はかたいようですな……」マレシュがつぶやく。「なにかあった場合、わたしはテラでどんな非難を浴びることか……」

ローダンは司令室をあとにした。

マレシュは横を向き、

「なぜ、よりによってローダンみずからおもむくのだ？」と、皮肉っぽく指摘した。

「なにかあっても問題にならない者がほかにいるのに」

「本気でいってるのか？」ヘヴァルダーがはっきりわかるほど顔をしかめ、しずかにたずねた。

マレシュは驚いたように両手をあげた。

「まさか。他意はない。ちょっとからかっただけだ。悪かった……」

シガ星人はにやりと笑った。

「謝る必要はない……あんたが劣等感から、自分のことをいったのはわかっている」

「なんだって、ちび!」と、マレシュ。「それはそうと、きみのココはなんていってるんだ?」

ヘヴァルダーは一瞬だけ黙りこんだが、

「うん、コントラ・コンピュータは原則的に、いちばんありそうにないことから仮定をはじめる。細部ははぶくが……ココによると、向こうはこちらを恐れているわけではない」

「というと?」

「こちらのことを心配しているらしい」

5

エイリングは測定装置を観察した。いまの時期、自分の個人的随行者に指名されているオロフォンに目を向けた。

「うまくいくと思うか？」

オロフォンは困ったようなしぐさをした。

「提案があったというだけで、それ以上はわたしにもわかりません」

「全員、死ぬことになるかもしれない」

オロフォンは治療者を見やった。その白く輝く肌を目にするたびに、全身に震えがはしる。エイリングが治療者の役割をどう感じているか、何度も想像してみようとしたのだが、うまくいったためしがない。

数千人のなかでただひとり健康であること、非常に高齢になるまで生きられる……あるいは、生きざるをえない？……ことを考えただけで、恐れおののいてしまう。

「だからといって、尻ごみはできません」オロフォンはエイリングを横目で見た。「われわれがその死をもたらすのでないとすれば、なおさらです」

「わたしが死んだらどうする？」エイリングがそっけなくたずねる。

「わかっているはず。そうしたければあなたは同行せず、あとにのこればいいのです。一世代もすれば、問題はかたづいているでしょう」

エイリングは身振りでおちつきをしめした。

「われわれ、ともにたちむかえるはず。船団長を呼べ」

オロフォンはエイリングの船の司令室を呼びだし、そこから隔離船団の船団長に連絡させた。ベネデルは着任してまだ二カ月だが、セオリ船団の歴代船団長のなかでも最高の人材と評されていた。

「心は決まったか？」と、エイリング。

ベネデルはおちつかないようすだった。

「あなたの決断を待っています、エイリング」と、船団長。「あなたはだれよりも重要な方です。お言葉にしたがいます」

こうしたことが長年にわたり、事実上、エイリングが物心ついて以来つづいている。それまでセオリ人のなかに、全身が銀色に輝く子供が生まれたことはなかった……しかも、その子は驚くべきことに、恒星風ペストに完全な免疫を持っていたのだ。エイリングが生きているあいだに、すでに四世代が成長し、産卵し、死んでいった。かれはどんなセオリ人よりも、すくなくとも倍は長生きしている……不死だという噂さえあるくらいだ。

だが、残念なことに、かれには生殖能力がなかった。何人ものパートナーがいたものの、卵が受精することはなかった。エイリングは唯一無二の存在であり、ずっとその状態がつづいている。

「自分たちの運命に関わることだぞ」と、エイリング。

かれには責任が重くのしかかっていた。セオリ人はほとんど信仰とさえいえる熱心さで信じている……いつか、恒星風ペストがエイリングひとりの力で撲滅されると。個人でどうにかできることではないと思うのだが、みな気にもとめなかった。種族の宿痾《しゅくあ》を変えるのがエイリングの運命だと、かたく信じている……いまの世代には無理でも、きっと次の世代には。

「もう一度、状況を確認しておこう」と、エイリング。「未知者から、ある提案があった。われわれを船団ごと、だれにも迷惑がかからない宇宙の一角に移送する、と。こちらはその代償になにをする必要もない」

「その見方は一面的すぎるでしょう」オロフォンが反論する。「結局……われわれがここから消え去り、二度ともどってこなかったら、のこる人々は恒星風ペストの脅威から解放されるわけです。その未知者にとって、苦労する価値があることは理解できます」

エイリングは外観がすこし変わっているだけではない。内面も同族とはやや異なっていた。だから、他者の悪意を現実的に考えることができる。

「われわれの船団を殲滅《せんめつ》しても同じ結果が得られるはず。たとえば、船団を超新星のなかに投げこもうと考えているかもしれない」

ベネデルは、しかたないというしぐさをした。

「それもまた、うけいれることのできる解決策でしょう。その場合、われわれを罠にかけた者が、われわれを滅亡させた罪を負うことになるわけです」

エイリングはなにも答えなかった。ふつうのセオリ人なら、この議論に首肯《しゅこう》するだろう。セオリ人は自分の命に執着しているわけではないが、その心理的見解から、自分や他人の命を絶つことができない。このような消極的自殺のチャンスがあれば、最大のジレンマ……自分たちの存在自体が、ほかの生命体の命や存在を脅かしているという事実……からの逃げ道になる。

しかし、ただひとりだけ、この範囲をこえて自分の命を重視するセオリ人がいた……それこそがエイリングだった。

「ほかにもまだ可能性はある」エイリングは推測を押しすすめた。「われわれを兵器として利用するつもりかもしれない」

わざと強い言葉を使ったのは、この考えを印象づけるためだった。ベネデルは驚愕しきった表情だ。

「どうすればそんなことが可能なんです？」

「たとえば、われわれを惑星に送り、そこから動けないようにする。ロボットでも使って船を破壊すればいい。そうなれば、宇宙のその一角はつねに恒星風ペストに汚染されることになる……それが、〝友〟をよそおうこの未知者の計画かもしれない」

オロフォンもベネデルと同じ反応をしめした……最初は信じられないという驚き、次いで恐怖と嫌悪だ。セオリ人がそんなことを考えるなど、理解できないのだろう。

「恐ろしいことです」と、オロフォン。エイリングはかれが一歩あとずさったのを見逃さなかった。「どうしてそんなことを考えたんです？」

エイリングはとほうにくれたしぐさを見せた。

「それも明らかにわたしという存在の一部なのだ。なにかを考えるなら、どんな奇矯《ききょう》な考えも排斥しない。きみたちの希望を奪いたいのではない……未知者がこちらをだましていないと確信したいだけだ。これほど気前のいい提案は、わたしにはきわめて疑わしく思える。宇宙における行動原理は自己利益の実現だ……手をさしのべるのは、争いあうよりも協力したほうが自己の利益になるからだろう」

オロフォンは恐怖に身震いした。そういう考えは、ふつうのセオリ人にはまったく異質なものだ。

エイリングはなだめるようなしぐさをした。

「おちつけ。船長会議ではどんな結論が出たのだ？」

ベネデルは一瞬ためらってから、決然とした声で答えた。

「多数意見は、提案の受諾です」

エイリングは同意の表情を浮かべた。

「では、そのように進めろ」

そういって、通信を切る。オロフォンは横からそれを見ていた。

「しばらくひとりにしてくれ」と、エイリング。

オロフォンはいつものように、その言葉にしたがった。隔離船団全体を見ても、エイリングの意向にしたがわない者はまずいない……銀色の個体は、ほとんど信仰に近い尊敬を同族から集めていた。

エイリングはすべてのスクリーンと装置のスイッチを切った。船のことは船長にまかせられる。いまはひとりになりたかった。

かれは異質さという重荷を負っていた。そのことをからかわれるなら、むしろそのほうがいい。セオリ人は苦悩に耐える能力が高く、なかでもエイリングはとりわけそうだった。

憂鬱になるのは、責任の重大さと……自分はだれも救えないという絶望的な認識のせいだ。

〝治療者〟と呼ばれてはいるが……エイリングが治療して救ったセオリ人はひとりもいない。たしかに、死にかけた者に手を触れてやれば、ほんの数日それで生きのびたりはする。だが、それがかれの能力ではなく、自己暗示のようなものの効果であることは、セオリ人たちもわかっていた。

エイリングは同族に押しつけられた役割を、実際にははたしていないのだ。かれが船団をすべて自分の支配下におくという誘惑にまだ耐えているのは、奇蹟といってよかった……その気になればかんたんにやれるのだから。

かれがひとりで閉じこもっているあいだに、隔離船団はスタートした。

次に船団がどこに出現するのか、わかっている者はいなかったが、そのことはだれも口にしない。未知者による移送がどのように実行されるのかも、だれも知らなかった。

エイリングはマイクロフォンをつかみ、ふたたびベネデルを呼びだした。

「どこかに出現したら、それがどこだろうと、エンジンを全開にしてその場から離脱しろ！」

「なぜです？」と、ベネデル。

「信用できないからだ」エイリングはそういい、通信を切った。

かれは疑念でいっぱいだった。セオリ人の歴史はじまって以来のこの状況下、全責任は自分の肩にかかっている……自分にどんな考え方ができるか、同族からどれだけ遠ざかることができるか、わかっているのはおのれだけだ。

エイリングは……たぶん……セオリ人としてはじめて、暴力的手段で自身の存在を葬ることも本気で考えた。その手前でためらっているのは、結果として種族になにが起きるか、予見できないからだ。そのため、隔離船団の孤独者にとって、この耐えがたい状況からの出口はひとつしかのこっていなかった。

時間が自分を自由にしてくれるのを待つしかない……重荷でしかなくなってしまったこの人生から解放してくれるのを。

ブザーが鳴った。

一スクリーンで応答すると、司令室のオロフォンだった。

「準備できました」

「スタートしろ」エイリングは力づけるように部下に指示した。

外のようすは見ない。興味があるのは〝どこに〟〝どうやって〟ではなく、〝なぜか〟だけだった……その答えが得られないことはわかっている。

エイリングはとほうにくれたしぐさをし、キャビンを出た。数歩進むと、そこはもうラボだった……かれの研究のためだけに用意されたものだ。

エイリングが近づくと、ドアが自動的に開く。ラボにはセオリ人の科学の成果がすべておさまっていた……が、まだ充分ではない。

孵化器、レトルト、ピペット、フラスコ、シャーレ、ケーブル。隣りには血液の研究ができる医学ラボもあるが、成果は出ていなかった。死んだ卵だけを調査するラボもある……孵らない卵はたくさんあった。以前のセオリ人にはなかったことだ。

数世紀にわたり、もしかすると数千年紀にわたって、セオリ人はずっと研究をつづけているが……いまだに成果はなにもない。

恒星風ペストの原因は、いまもわからないままだ。治療薬は見つからず、発見できる見込みもない。

エイリングはちいさくうめいた。この状況でなにかするのはむずかしい。

かれには計画があった……ほとんどの同族は犯罪とみなすだろうが。

実験の準備は終わっていた。シリンジはテーブルの上にあり、チューブもそろっている。

あとは実行するだけだ。

大きく深呼吸して、決然と行動にとりかかる。

チューブを手にとり、腕を縛って血管を浮きあがらせ、シリンジの針をつきさす。ひとりでやるのはかなり困難だが、なんとかやりとげた……何週間も動きを練習してきたのだ。数分後、エイリングは自己採血を終えた。

自分の血がどんなものかはわかっていた。顕微鏡で何度も見たことがあったから。

いったんその場をはなれ、ちいさなガラス板を持ってもどってくる。一滴だけ垂らして観察するのがいちばんいい。エイリングはこれもかなり時間をかけて練習し、すっかりものにしていた。

検体を顕微鏡の下にさしこむ。大スクリーンに典型的なセオリ人の血液がうつしだされた……グリーンがかった液体で、全体に明るく光を反射するものが分布しているが、そのはっきりしたかたちはわからない。

エイリングは二本めのシリンジに手をのばした。

これからしようとしていることは第一級の怪物的行為だった。セオリ人の世界観を根底から覆《くつがえ》すものにほかならない……好奇心を満たすためだけに、生命をわざと計画的に破壊するという、恐ろしい決断をしようとしているのだ。

エイリングは震える手で、垂らした血液に第二のシリンジを近づけた。

決定的瞬間だ。プランジャーを押しこむ。

濃いブルーの液体が血液の上にしたたった。

それはすぐに血液全体にひろがり、エイリングが予想していたとおりの反応をしめした。

犯罪はここからだ。

ブルーの染色剤……それ自体はまったく無害な化合物……が、光を反射する粒子に付着し、グリーンがかった基層から粒子が浮きあがって見えてくる。

ようやくなにかがわかりはじめた。エイリングは顔をおおった。はげしい絶望感にとらわれ、からだが震える。目の前で死が進行しているのだ。ちいさな血球が身もだえし、発作を起こしたように震え、エイリングが見守る前で実験の犠牲になった。

どんなにちいさくても、生きているのだ。それが染色剤をとりこみ、死滅していく。数分が経過し、画面上はすっかりしずかになった。数十の微小生命体の大量殺戮が終了したということ。エイリングは壁によりかかり、恐怖に震えていた。

予想はしていたが、間違いだと思いたかった。実験は成功だ……ブルーの染色剤で、セオリ人の血液中の構成要素がよくわかるようになっている。だが、それは同時に、その血液中の生命体をすべて殺すことでもあった。

エイリングはさんざんためらったあと、ようやく画面に視線をもどした。

ほとんど同時に、そこに見えたもののせいで凍りつく。数えきれないほどだ。セオリ人の血のなかに、これほどの数の生命体が存在するとは。その種類もまた、じつにさまざまだった……すべて死んでいるが。

まるく平べったいもの。短い尾のある涙滴形。その尾がまだときどき痙攣《けいれん》している。

大きな不定形の泡、大小さまざまな点……エイリングが夢にも考えなかったほどの数だった。

倍率を最大にする。

そこに見えたものに、かれは心底、震えあがった。

極微小の生命体がふたつ見える。単細胞生物だ。それは自分の血のなかにいて、かつては生命の一部だった。エイリングはそのふたつをじっと観察した……殺戮者と犠牲者とを。

ほかに解釈のしようがなかった。一方が他方をつつみこみ、捕食しようとしている。死の瞬間までその行為をつづけるほど貪欲なのだ。殺戮者と犠牲者が、この瞬間に永遠に固定された。

エイリングは驚愕に全身を震わせた。自分はここまで悪辣《あくらつ》なのか？　こうした殺し屋の細胞を体内に持っているせいで、この個性と独自性が生まれたのか？　そういうことなのか？

だが、ためらいはなかった。すでに多くの罪を背負っているのだ。さらに罪を重ねるくらい、どうということはない。

エイリングはラボから飛びだした。ドアを施錠することさえ忘れていた。

船の司令室についた瞬間、ベネデルの悲痛な声が聞こえた。

「われわれ、だまされました！」

6

　エイリングは船団長の言葉の意味をすぐに把握した。

　宇宙のその一角になにも存在しないことは疑いなかった。ただ……隔離船団のすぐ近くに、あらかじめ待機している者がいた。宇宙船が二隻、どちらもかなり大きい。

「治療者の船を守ります！」ベネデルが叫んだ。「二隻が近づいてくる！」

「おちつけ！」と、エイリング。

　画面には周囲の宇宙空間のようすがはっきりとうつしだされていた。未知者が……かれとその動機に呪いあれ……セオリ人をここに運ぶのに使ったらしい物体が見える。さらに、隔離船団と、二隻の異船。わずか二隻だが、それは相手の武装の優越性を示唆《しさ》している。

　セオリ船は通常どおりに布陣した……治療者の船と相手のあいだを、ほとんどの船がふさぐかたちだ。

「低速で接近してきます」と、ベネデル。「待ちうけていたんでしょうか？」

エイリングは侮蔑的なしぐさをした。可能性はいろいろあるが、待っていたとは思えない。セオリ人が罠に落ちたのは明らかだ。つねに罪という面からものを考えるかれは、これがどういうゲームなのかを予想した。セオリ人がここで殲滅されるか……宇宙に死と破壊をまきちらすため、ここに誘導されたかだ。

「聞いてくれ、友たち」と、エイリング。「進むべき道はふたつある……いますぐ決めなくてはならない」

かれが考えを説明すると、同族のあいだにふたたび衝撃がはしった。きわめて異端的な提案だったから。

「そんなことはできません！」ベネデルが興奮して叫ぶ。「前例がありません！」

「それは、やらない理由にも口実にもならない。異人に信号を送り、われわれに近づかないよう、はっきり警告するのだ。そのあいだ、わたしは研究に没頭する。そうするのが……」

「なんということを！」ベネデルが焦《あせ》ったようにいう。「腹をたてたくはないですが……」

「もちろん、腹をたててかまわない。だが、なにがいけないのだ？」

「……いえ、つまり、これまでずっと有用な結果を出さなかったあなたの研究が、よりによってこの絶望的な状況下で完結すると、ほんとうに思っているのですか？　ばかげていると感じます」

「たしかにそう見えるな。決断はきみにゆだねて……わたしは実験を進めにいく。相手に警告するかしないかはまかせる」

　エイリングはベネデルの叫び声を無視して司令室から出ていった。それでも念のため、全船長会議の内容はラボでも聞けるようにしておいた。

　自分の船の司令室にいたオロフォンを呼びだす。オロフォンはすぐにあらわれた。ラボのようすに感銘をうけたようだ。

　かれはエイリングの血液の映像を表示したスクリーンを指さした。

「これはなんですか？」

　エイリングは手みじかに説明した。どうやって青く染色したのかがわかると、オロフォンはその場で床にへたりこんだ。

「そのほうがかんたんになるのだ」エイリングはそういいながら、自分が短時間のうちに、善悪をわきまえない冷血漢になったのを感じた……まるで、恐怖と競争しているかのように。いまでは種族の法をおかすことにもためらいはない。

　それでも、オロフォンの腕に針を刺し、試料の血液を採取するときは、しばらくのあいだ躊躇《ちゅうちょ》した……ふつうなら、検査のあと血液はからだにもどすのだが、今回その予定はない。

第二の顕微鏡を準備し、慣れたようすでもう一枚プレパラートをつくる。

「警告照明を発します」声が聞こえ、エイリングは顔をあげた。

ベネデルが退去をうながす発光信号をはなとうとしていた……非常に明るい光の波長をゆっくりと落としていき、最後に強い暗赤色の光にする。セオリ人の警告色で、これまではそれでうまくいっていた。

エイリングの四肢が震え、試料の血液を落としそうになった。

「おちつけ」と、自分にいいきかせる。「とにかく、おちつけ」

「だめです。なおも接近してきます」と、ベネデル。

「速度は?」

「あれだけの大きさの宇宙船を建造できる種族にしては、きわめて低速です……攻撃する気はなく、接触をもとめているのでしょう」

「接触は避けなくてはならない。もっと明確な信号を送れ」

エイリングは目下の作業に意識を集中した。オロフォンの血液を垂らしたプレパラートをセットし、顕微鏡のスイッチをいれる。最初のよりもややちいさいスクリーンに、拡大された血液の映像が表示された。エイリングも見慣れている、明るい色の模様が点在するグリーンの液体だ。

「なにをするのですか？」

エイリングは顔をそむけた。オロフォンは目をまるくしている。

「おまえの血液を染色する」

すべて話してしまいたかったが、そこまででやめにした。セオリ人にとっては、あまりにも恐ろしいことであり……オロフォンが事態を理解してうけいれる時間を確保したかった。自分でも嫌悪感に打ちのめされているのだ。

オロフォンは力なくかぶりを振った。

「あなたがそんなこと、するはずがありません」魂がぬけたような声だった。「できるはずがありません」

探るようにエイリングを見つめる。

「そうでしょう？　いつもの冗談なのでしょう？　あなたがほんとうに生命を破壊するはずがない。悪ふざけなのでしょう？」

「さらに接近してきます」ベネデルの暗い声が響いた。「どうしましょう？　とどまるか、逃げるか……逃げるとしたら、どこに？」

エイリングは通信機のスイッチをいれた。

「現在ポジションにとどまれ。相手が本気で接触をもとめているなら、もうしばらく時間はある。向こうの接近速度にあわせて後退しろ」

「そんな茶番をいつまでつづければいいんです？」と、ベネデル。エイリングは内心ひそかに、やってみれば叛乱も楽しいものだと思った。ベネデルも治療者に逆らうことで、同じ気分を味わっているらしい。二日前までは、そのすべての言葉にしたがっていたのに。この二日で、セオリ人はみずからの運命を一変させたようだ。

「わたしの作業が完了するまでだ」と、エイリング。

「あなたはなにをしているのですか？」

エイリングは無意識にオロフォンに目をやる。若いセオリ人はまだ硬直していた……声をあげてエイリングの行為を糾弾《きゅうだん》するという考えは、頭に浮かびもしないようだ。

「作業が完了したら、ただちに連絡する」

「待っています」ベネデルが低い声で答えた。

エイリングはふたたび実験にとりかかった。染色剤をとり、シリンジに吸いあげる。オロフォンの目はうつろだった。恐怖のあまり反応できない……ちいさな生命体に対する心配よりも、エイリングがそれをしようとしていることへの恐怖のほうが大きいのだろう。

エイリングはオロフォンに近づき、決定的な場面を見なくてすむよう、シートごと背を向けさせた。そのあと顕微鏡の前にもどる。

「異人の船が停止したぞ」と、一船長が報告している。エイリングはわれ知らず声を出し、シリンジをとりあげた。

「なにかを発射した!」

エイリングはシリンジを置き、船長会議に介入した。

「なにを発射した?」

「わかりません。なにかちいさなものが船から出てきました。ゆっくりと接近してきます。独自の推進装置があるようです」

「兵器か?」

「それにしては速度が遅すぎます。まるで飛翔するように移動してきます!」

「待て、いまなんといった?」

「自力で飛翔しているように見えます。まるで……信じられませんが……だれかを送ってきたかのようです! 実際、異人が宇宙服を着用し、こちらに向かっているように見えます」

「あまりにもばかげている」べつの船長がつぶやいた。「なんというか……そういう考え方を表現する言葉がない」

エイリングは考えこんだ。いまこの瞬間、どちらを優先するか決めなくてはならない……今後の数時間はどちらかの問題にかかりきりになるだろう。

興味深いのは血液の染色のほうだが……異人の問題はセオリ人全体にとって、より大きな意味を持つ。

「司令室に向かう！」

「急いでください！」ベネデルがいった。

エイリングはいったん顕微鏡の前にもどり、シリンジをとりあげ、オロフォンの血液の試料に染色剤を一滴垂らした。結果はあとで見ればいい。いまはまず、異人の意図を明らかにすべきだった。

＊

治療者の船でもほかの船でも、司令室は大騒ぎだった……セオリ人が大勢でわめきあっている。未知者による恥ずべき裏切りへの失望と、希望の絶頂から絶望のどん底につきおとされた痛みが、まだ癒えていないのだ。

エイリングはスクリーンに映像を表示させた。

たしかに異生命体だ。セオリ船団とのあいだの空間をわたってくる。経験豊富なエイリングは、宇宙にひろく分布するタイプの温血生物だろうと予想した。

エイリングは無言のまま、異人に感嘆していた。単身で接近してくる勇気は賞讃に値《あた》いする。セオリ人が平和主義者として名高いことなど、知るはずがないのだから。

それとも、知っているのか？　もしや、自分たちは故郷惑星からそう遠くはなれていないポジションにいるのでは？　そんなこと、だれにわかる？

「どうなっている？」エイリングは船長たちにたずねた。

「船団を後退させています」と、ベネデル。

「たったひとりに対してか？」

「相手が罹患したら、どれだけの人数になるかわかりません」船団長のいいぶんは正論だった。

「あの異人と話がしたい」と、エイリング。

「通信回線の接続は可能です」ベネデルはためらいがちだった。明らかに気が進まないようすだ。

「そうではない。話がしたいのだ……面と向かって」

それはあまりにも恐ろしい話で、船団長は一瞬、言葉を失った。

「なんとおっしゃいました？」

「わたしも宇宙服を着用し、あの異人のところに行く」

「そんな……そんな……前例がありません！」ベネデルは舌をもつれさせた。「伝統に反しています」

おろかな、と、エイリングは思った。わたしがどれだけ前例を破ってきたと思うのだ。それでもこうして生きていて、ときには快適とさえ感じているのに。だが、声に出してはこういう。

「どうしても話がしたい。ほかに方法はないと思う」

「通信機を使うことができます」と、ベネデルが食いさがる。

エイリングはかぶりを振り、

「きみたちは好きなようにすればいい」とうとう、そういった。

「わたしも好きなようにする」

「これは革命です！　もっと悪いかもしれない」と、ベネデル。

エイリングはかれを見て、同意のしぐさをした。

「そのとおりだ。一点だけ確信がある……いまこのときから、セオリ人の歴史の道筋が変化するということだ」

司令室を出た。すこしだけラボに立ちよろうかとも思ったが、宇宙服の異人がいつまでも待っていてくれるわけではないと考えなおす。いずれは空気がなくなるはずだ。話がしたいなら、急がなくてはならない。

興奮したセオリ人がふたり、エアロックの前で待っていた。把握器官で宇宙服をつかんでいる。エイリングはふたりをねぎらい、それを着用した。

そこですこし手間どる。

かれはこれまで宇宙空間に出たことがなかった。船外活動は修理コマンドの仕事で、外でなにか不具合が起きたとき、出ていってそこを補修する。エイリングにはまったく関係がなかった……完全な初体験だ。だがおかしなことに、エイリングはこうしたことを病的に欲していた。はじめての体験は、まだまだ無数に存在する。

「幸運を」ふたりはそういってエアロックから出ていった。ポンプが内部の空気をぬくあいだ、エイリングは宇宙服の気密と制御を最後にもう一度確認した。

やがて、ゆっくりとエアロックの外扉が開く。船の銀色の外殻に黒い穴が生じた。その先は無限の宇宙だ。星々が輝いている。なかのひとつはとりわけ近かった。

エイリングは全身が震えるのを感じた。おそるおそる一歩を踏みだし、からだを前方に押しやる。背嚢《はいのう》の推進装置が作動した。

エイリングは船から飛翔した。数回の宙返りのあと、どうにか制御のこつをつかむ。かれは根拠のない恐怖にとらわれていた。これほどの恐怖を感じたのははじめてだ。周囲にあるのはほとんど理解不能な、かぎりない虚無と底なしの低温。自分と死を隔てるのは、いくつかの技術的補助手段だけ……いままでに何度も、自分たちの技術が故障するのを経験してきた。

セオリ人の船団が動いている。エイリングは突然、温かい歓喜が湧きあがるのを感じた……船長たちが助けてくれている。あらゆる規則を破り、セオリ人にわけのわからない苦しみを感じさせてきた自分のことを。

船団はじょうご形隊形をとり、その中心にエイリングの船がある……まるで、異人を招いているようだ。

前方になにか光るものが見えた。

それを目印に進んでいく……たぶん、異人が背嚢の推進装置を使ったのだろう。

無音の宇宙空間で、ふたりはゆっくりと接近した。エイリングは異人がどんな姿をしているのか、ぜひ見てみたいと思った。

「まもなく到達します!」

ベネデルの声がヘルメットのスピーカーから響いた。

「ごくろう」と、エイリング。

「幸運を願っています」本来聞こえるはずの音量よりも声がちいさい。

そのとき、異人の姿が見えてきた。

飛翔をやめる。

三十身長ほどの距離を隔てて、両者は相対的に静止した。

異人がエイリングの望んでいた動きを見せる。四肢のひとつを挨拶するようにのばしたのだ。

エイリングも挨拶を返した。

接触が開始された……すべては、ふたりがなにをするかにかかっていた。

7

「聞こえるか？」

「はっきりと」ガルガン・マレシュが応答する。

「通信状態は良好です」

ペリー・ローダンの声はスピーカーから流れていた。

「異人の姿が前方に見える。どうやら昆虫型だ。非常に華奢《きゃしゃ》で、腕と脚は六本、どれもきわめて細い。接近してみる」

「幸運を」と、マレシュ。

スクリーン上には全体の配置が表示されている。二隻のツナミ艦、その前方にじょうご形に展開するらせん船団。じょうごの出口には銀色の船が見え、ひろがった入口のほうにはふたつの光点が浮遊していた。

「接触する！」

司令室の人員は映像を注視し、ローダンの報告を待ちわびた。

「思ったとおりだ」ローダンの声が流れた。「昆虫型で、身長はわたしと同じくらい、銀色の肌に、一対の赤い目。これからトランスレーターを使い、会話を試みる」

このプロセスに長い時間はかからないはずだ。とくに、相手も同じようなロジックで構築された、同じような装置を持っている場合には。

「《ツナミ36》、アルキストとの回線はつながっているか？」ローダンから問いあわせがあった。

「いまは切っています」と、エルトルス人。「接続しますか？」

「そうしてくれ」と、ローダン。

司令室の面々は顔を見あわせた。ローダンはなにをもとめているのか？

「やっとですか」ハンザ商館惑星の通信士はいきなりそういった。「なにかあらたにわかったことは？　できれば朗報がいいんですが」

「いまのところ、まだだ」ローダンが答える。通信は《ツナミ36》経由で、増幅されてアルキストに伝わっている。通信状態は良好だった。「惑星上に、銀色の肌で赤い目をした昆虫型種族か、黒いらせん船が着陸していないか？」

「いまのところ見ていません。いまいましくはねまわる連中だけです。なんとかなりませんか？　頭がおかしくなりそうでして……四六時中騒いでいるので、だれも眠れなくなっています」

《ツナミ36》の乗員は無言でにやにや笑っていた。

「歓迎する」と、ローダン。マレシュはトランスレーターによる標準化が終了したのだと気づいた。異人間の会話が可能になったのだ。「わたしはペリー・ローダンだ」やりとりはこうしてはじまった。

「わたしはエイリングと呼ばれています」声が返ってきた。「われわれになんの用ですか？」

「そちらがわれわれの宙域にはいりこんできたのだと思うが？」

「そうかもしれません」簡潔な返答だ。

「それでも、きみたちを歓迎する」と、ローダン。「ずいぶん慎重に行動しているようだな」

「理由があるのです。われわれについて聞いたことはありませんか？」

「聞いたことはないが、わたしもすべてを知っているわけではない。どこからきた？」

「われわれはセオリ人、故郷惑星はセオル＝オ＝ロラスです」

「その名称は聞いたことがない」ローダンが答える。「どうやってここにきた？　この物体だが、きみたちが建造したのか？」

返事があるまで数秒かかった。

「その問いに対する答えがわかっていればよかったのですが。自分たちがどこにいるのか、いまがいつなのかもわかりません」

「いつなのかも？」

ローダンの口調には興奮が感じられたが、それはごくわずかで、かれをよく知る者にしかわからなかったろう。

「ここで安寧が見いだせるといわれたのです」エイリングの声が答えた。「べつの場所でだめでも、すくなくともべつの時間で、と」

「だれにいわれた？」ローダンがたずねる。

「未知者に。ある日、通信がはいりました。ごくふつうの方法で。発信源はだれにもわからず、以後は沈黙しました」

「それで？」

「その通信のなかでいわれたポジションに行ってみると、消えかけた惑星を見つけました……惑星全体が消滅していくのです。未知者がいうには、はるか遠い時間の旅に出たのだとか。われわれは絶望していたので、その旅に参加することにしたのです」

「ありえない」マレシュがつぶやいた。異人の話は、かれにはまったく非論理的なものに思えた。

「どうして絶望していた？」

「それはこちらの問題です」

「きみたちはわれわれを避けようとした。宇宙ではめずらしいことだ」

「そうする理由があるのです」

「どんな理由だ?」と、ローダン。

アルキストとの回線は維持されている。そのことを考えた者はいなかった。

「われわれ、病気なのです」異人が答える。「船内には恒星風ペストが蔓延していて……この恐ろしい病には、治療法が存在しません」

*

トクサルは床に横たわり、ちいさくうめいた。からだ一面にブルーやグリーンの痣ができ、全身がくまなく痛む。悲鳴のあげすぎで、声はかすれていた。

どんな理由があるのか知らないが、夜になるころには〝やつら〟はすべて消えていた。やつら……どこからともなくあらわれた、恐ろしい襲撃者だ。一見するとともきれいで、いっしょに遊びたくなる。人間の頭ほどの大きさの、色とりどりの美しいボールだ。グリーン、ブルー、黄色に、白もあった。あたりをはげしくはねまわり、とまることがない……生物を見かけると、勢いよくぶつかってくる。

ダレエナとトクサルはまる一日、きれいなボールに打ちのめされつづけた。一発一発はたいした威力ではないが、それが間断なくつづくと、最後にはぼろぼろにされてしまう。それでもダレエナは、家の壁と崩落した天井のあいだのせまい隙間に逃げこんだため、まだましだった。トクサルは……教育されてきたとおり……女と安全地帯をとりあったりしなかったので、結果としてさんざんに打ちのめされた。

一方で、この犠牲によってダレエナの敬意と感謝を勝ちとれるとも思っていた……代償が適切かどうかはともかく。

トクサルは起きあがろうとしたが、できなかった。そんなふうになると読んだことはあったが、いままで信じていなかった……こうして身をもって体験するまでは。文字どおり、筋肉ひとつ動かせない。全身をめった打ちにされ、筋肉が麻痺したボクサーのようだ……ただしトクサルの場合、ゴングに救われることはない。

「助けてくれ！」トクサルはしわがれ声をあげた。

ダレエナが用心深くかくれ場から出てきた。驚いたことに、この惨状でも親しげな笑みを浮かべ、髪も乱れていない。服装もそれなりにきちんとしていた。

「かわいそうに！」と、トクサルを見て叫ぶ。ボールはかれの顔にもいくつかぶつかり、片目が腫れあがって、ほとんど見えなくなっていた。とはいえ、心の傷はそれ以上に大きい……ここ数日のきびしい逃避行ととどめのカタストロフィで、ダレエナの心は完全にはなれてしまったにちがいない。かれがいまの自分の姿を見たら、とても耐えられなかっただろう。

ダレエナは男に手をかし、なんとか原形をとどめているベッドに寝かせた。そのあと、破壊されたキッチンに行き、タオルを水で濡らす。彼女が顔に水を垂らすと、トクサルは苦しそうに喉を鳴らした。

「ひどいありさまだわ」ダレエナが同情するようにいう。「包帯をしないと」

「たいした役にはたたないよ」と、トクサル。「朝になれば、まずまちがいなく、あいつらはもどってくる……われわれが死ぬまで、はねまわるだろう」

「なんとかなるわ。襲ってくる前に、地下室にかくれればいいのよ」

「地下室？　ここに地下室はないぞ」

「それがあるのよ。あなたが気づいてないだけ。かくし扉になっているから。火事になって、昆虫戦士に襲われて、ボールがはねまわっているとき……キッチンで見つけたの」

　トクサルは上体を起こそうとした。恐ろしい考えが頭に浮かんだのだ。全身の筋肉がいっせいに悲鳴をあげ……苦痛は耐えきれないほどだったが、どうにか自分の足で床に立った。

　ダレエナが駆けよって、よろめきながらキッチンに向かう男を支える。全自動オーブンの近く、腰の高さにかくし扉があった。この家を建てた人物は、愛しあうふたりが温かい食事に興味をしめすことはないと思ったのだろう。木のはめ板に偽装されたかくし扉の向こうに金属のドアがあり、鍵がかかっていた。

「武器を持ってきてくれ」トクサルはそういうと、金属ドアの前の床にすわりこんだ。ダレエナが銃をとってくると、かれはそれを錠前に向けた。熱線で、錠前はたちまち溶けおちた。

「なにがあると思うの？」と、ダレエナ。

トクサルはうめいた。まだ声がうまく出せない。

「当局に見つかったらまずいものがあるはずだ。この愛の巣は、汚い取引のかくれ蓑《みの》にちがいない」

「いい親戚をお持ちね」ダレエナが皮肉をいう。

「結婚契約をしたら、きみにとっても親戚だぞ」

「それ、プロポーズのつもり？」ダレエナは天を仰いだ。

トクサルは驚いて彼女を見つめ、うなずいた。思っていたのとはまったく違うかたちになってしまったが。もうすこし厳粛なものを考えていたのだ。もっとちゃんとした声で、片目が腫れあがっていないときに……だが、いってしまったものはしかたがない。あとは返事を待つだけだ。

慎重に金属ドアを開ける。まだ熱かったが、押すくらいのことはできた。その先は石の階段が下へとつづいている。

「わたしがまず前進する」と、トクサル。

これはなかなか大胆な言葉だった。〝前進する〟というような動きは、とうていできないのだから。やっとの思いでからだを動かし、ゆっくりと階段をくだる。

ダレエナはそれに手をかし、スイッチを見つけて照明をつけた。

トクサルはしわがれ声で快哉を叫んだ。予想どおりだ。家の下には地下室があり……物資があふれていた。

大きな棚があり、びっしりとボトルがならんでいる……たぶん所有者のワインセラーだろう。トクサルは数本に目を向け、憤然となった。ここに住んでいる連中は、しがない労働者の一カ月ぶんの給料に相当する額のワインをがぶ飲みしていたのだ。

その奥に置かれたなんの変哲もない箱には、封筒がいっぱいにつまっていた……封筒のなかにはそれぞれ一枚のメモと、暗褐色の粉末がはいっている。

「シャルタセだ」と、トクサル。「いちばん出まわっているドラッグだけど……それが親戚の家にあるなんて」

ダレエナは無言だった。トクサルがどんな気分か、想像がつくのだろう。室内を見まわし、すみのほうにちいさな金庫を発見。トクサルが一時間かけて、なんとか開けることができた。

なかにはコンピュータ用の音声リールやデータ・キューブなどのほか、手紙もはいっていた。

「どういうことなの？」と、ダレエナが叫んだ。手にした手紙をじっと見つめている。

「聖なるアルコンにかけて！」

「どうした？」

彼女は無言で手紙をトクサルの目の前にさしだした。形式ばった文章で、はっきりした言葉はないものの、明らかになにか情報をかくしている。それよりも重要なのは、差出人と宛名だった……トクサルの属するスプリンガー氏族と、ダレエナの属するアルコン人貴族のあいだに、私的なつきあい以上のものがあるのがわかる。明確なビジネス関係が。

「どうしよう？」トクサルはとほうにくれていた。「ひとつだけ、はっきりしてるのは……ここにいたらすぐに見つかってしまうってことだ。われわれの居場所は親戚が知ってるから。両方の父親がわれわれを探しはじめて、ここにいるのを見つけたら……チャンスがあるとは思えない」

「あなたのお父さんに殺されるわ」と、ダレエナ。トクサルは、密輸業のボスはきみの父親のほうだろうと口にしそうになり、かろうじて思いとどまった。ふたりは破壊された一階にもどり、疲れはててベッドにすわりこんだ。

「なにか食べるものがつくれない？」と、トクサル。

「やってみるわ」ダレエナはそういい、キッチンにもどった。

トクサルはそのあいだに、通信機の前までからだをひきずっていった。商館に連絡して、そこから警察に通報しようと考えたのだ。

そうしなくてはならないという思いは強かった。自分が抜け目ない男だとは思っていないが、殺されることを度外視するほどのばかでもない。父親とそのビジネス・パートナーには、事情を知った者を生かしておく余裕などないはずだった……麻薬取引に対する罰則が強化されていたから。麻薬の売人に対し、凄惨な死を遂げた客の中毒者と同じ苦しみを味わわせるという習慣の惑星さえ、銀河系内にいくつか存在する……シャルタセはかなり悪質なドラッグだった。

通信がつながらなかったら、殺されるのを覚悟するしかない。いずれにしてもチャンスはなかった。

トクサルはテレカムをいじった。装置にくわしいわけではないが、ようやく一送信者の声をとらえることができた。

「それはなんです？」興奮した男の声が聞こえた。「恒星風ペストとは？　くわしく説明してください」

「おちつけ」と、相手が答える。その声は弱く、トクサルは聞きたくもない会話をたまたま傍受してしまったようだと思った。それでも、かれはスピーカーに耳を押しつけた。

「おちつけですって？　冗談じゃない。その連中は宇宙のどこかから疫病を持ちこんだわけでしょう？　これがおちついていられますか。異人の言葉を聞いたはずです……治療法が存在しないって！　われわれには……」

「できることは多くない」またべつの声がいった。「なにができるか、考えてみなくては」

「ローダン？」

「わたしだ。アルキストの状況はどうなっている？」

「ひどいものです」と、通信士。「ボールはようやくいなくなりましたが、かわりにこんどは悪疫です。上でなんとかその船団をコントロールできませんか？」

「それはだめだ」と、ローダン。「だが……」

「偉大なる銀河系にかけて！」またべつの男の声が割ってはいった。「ぜんぶ聞いたぞ。身を守れる者などいるもんか。われわれ、おしまいだ！」

「どういうことだ？」ローダンが鋭くたずねる。「この通信は盗聴されているのか？」

通信士は興奮しきっていた。

「そのようですね。かまいませんとも。さ、どうです？　次の瞬間にもその黒い船が飛びまわり、われわれ、悪疫にかかって悲惨な死を遂げるかもしれません。どうやって防ぎます？」

「われわれはなにもできない。手を縛られているのだ」深い声がいった。

「聞いたか？ なにもできないそうだ。われわれは助けもないまま死んでいく。ローダンがそれを認めたんだ」

この瞬間になにが起きているのか、トクサルはようやく理解した。ボールの強襲が終わったことで、商館と連絡をとろうとしたのは、自分だけではなかったのだ。この広域回線に、たぶん数百の小型テレカムが接続しているだろう。その全員が、宇宙空間でなにが起きているのか、知ってしまったことになる。

トクサルは目を閉じた。

自分でも理解できない出来ごとのただなかに巻きこまれた不運に、悪態をつく。昆虫戦士に殺されそうになり、はねまわるボールに襲われ、親族に命を狙われることを心配し……いまは治療法のない恐るべき悪疫におびえている。

さらに悪いことに、いまや数千の群衆が、アルキスト宇宙港に押しよせていることだろう。恒星風ペストにおびえ、ここから出ていくためなら殺人も辞さないはず……とにかく、ひとつだけたしかなことがあった。銀河系のこの一角で、パニックが発生しようとしている。

アルキストから惑星アルコンまでは、数十光年しかはなれていない……

その先は……トクサルにはとても想像する勇気がなかった。

「地上から、もうひとつ報告することがあります」

「聞こう、アルキスト」

「時間転轍機がもうひとつ出現しました……あの金色の物体を、たしかそう命名したんでしたね？」

「その転轍機の出現ポジションは？」

「アルファン＝ゾル宙域です。いましがた、宇宙ハンザの上層部から情報がはいりました。管轄はダウォク＝2商館です。いったい、どうなってるんだ？」

宇宙放浪者の一族であるトクサルには、悪態は慣れたものだが、それでもこのエルトルス人……声からの判断だが……がなにに関して悪態をついたのかは、判然としなかった。

通信機のスイッチを切る。

つまり、数時間からせいぜい二、三日のうちに、すべてはおしまいになるわけだ。そういうことなら……

これからの毎時間を、毎日を、精いっぱい楽しむことにしよう。かれは笑みを浮かべた。

「料理はできたかい？　腹がぺこぺこだよ！」

「すぐに、食べたいものはなにもかも用意できるわ」ダレエナがキッチンから返事をする。

その見込みはなさそうだな、と、トクサルは思った。

8

「われわれの船にこないか?」と、テラナーのペリー・ローダンがたずねた。

エイリングは拒否するしぐさを見せた。

「その場合、あなたたちは確実に死ぬことになります! われわれが病気であることはわかっているのです。ウィルスにやられていて……ただ、それ以外のことはわかりません」

エイリングはテラナーに伝えなかったが、セオリ人は、"ウィルス"という言葉をほとんど理解していない……。"戦争"という概念と同じく、異種族から学んだ言葉だ。ウィルスといっても、セオリ人に悪さをするなにか、くらいのイメージしかない。

「われわれ、疫病との戦いには経験が豊富だ」と、ローダン。「そうしたければ、宇宙服をつけたままでいい……いずれ病原体は死滅するだろうし、宇宙服に付着しているものは、適切な方法でいい。

"適切な方法で存在を終了させる"と、エイリングのトランスレーターは最後の部分をい。

通訳した。どうやらローダンとその仲間は、生命を消滅させるのにためらいがないらしい。

もしかすると……エイリングの心中にばかげた希望が生まれた。

「ほんとうにかまいませんか？」

「マレシュ、《ツナミ36》の乗員はどう思っている？」

「黴菌《ばいきん》どもに死を！」だれかが叫んだ。ニュースがひろまるにつれ、ローダンのヘルメット・テレカムの回線に宙域の通信の半分が押しよせてきていた。しばらく聞いていても、内容はどれも同じだ……報告に驚いた者たちがべつの回線に接続し、パニックを拡散しているのだろう。「艦隊を出動させ、黴菌船団を宇宙から消滅させろ！」

その合間に、《ツナミ36》のエルトルス人艦長のおちついた声が混じる。

「セオリ人を艦内に収容します……望む者全員を。治療が必要な者を最優先で」

ローダンは微笑した。いっしょに仕事をしているのがこういう者たちだと知るのは、気分がいい。これこそかれが千年以上もとめつづけ、しばしば見いだしてきたものだった。ローダンが考える人類とは、こういう資質を持った者だ……テラナーとその子孫だけでなく、宇宙のあらゆる生命に紐帯《ちゅうたい》を感じる者たち。

「これからもどる！」と、ローダン。

「エイリング！」呼びかける声が聞こえた。らせん船団からのようだ。「そんなことはできません……どれほど予防処置を講じていても、その者たちがどんなことになるか、わかっているはず！　あなたがしようとしていることは、犯罪です！」

「自分のしていることはわかっている」と、エイリング。

ローダンはかれの手を握った。ふたりいっしょにらせん船からはなれ、球型艦《ツナミ36》に接近していく。

ローダンは同行者が震えているのを感じた。

「不安なのか？」

「恐いのです」エイリングが即答する。「責任を負えるのかどうかわからない……わたしはあなたと、その知識を信用しました。いったとおり、これまでにこの悪疫を生きのびた者はいないのです！」

「われわれの科学者に対処させる」ローダンは約束した。「可能性はいろいろあるが、ひとつ教えてもらいたい……だれがきみたちをここに送りこんだのか、ほんとうに知らないのか？」

「まったくわかりません」と、エイリング。「われわれ、いまや歴史を持たない種族です。故郷とのつながりが断たれ、回復できないのですから……だれが、どこに、いつ、われわれを移送したのか、なにもわかりません」

「セト＝アポフィスという名前を聞いたことは？」

エイリングはじっと考えこみ、

「ありません」と、答えた。「なにも頭にひらめかない……その名前を聞いたことがないのはたしかです」

ローダンは今回の陰険ないたずらがセト＝アポフィスによるものと確信していた。セオリ人を送りこんできたのも同様だろう。

ただ、ローダンは、超越知性体の攻撃がこれですべてと考えるほどおめでたくはなかった……たぶん、これは前哨戦にすぎない。だからこそ、セオリ人を助けられると考えたのだ。

アルキストで起きたことはすべて、小手調べに思えた。超越知性体による全面攻撃とは考えにくい。

「ダウォク＝2の状況はどうなっている？」ローダンはガルガン・マレシュにたずねた。

「ちょうど問いあわせたところです。状況はアルキストと似たりよったりで……惑星上で奇妙な事象が間断なく発生しています。大陸の半分で異生命体が跳梁跋扈《ちょうりょうばっこ》し……そこらじゅう、大昔にあったごみの山のようだとか」

ローダンはまたしても微笑した……かれ自身、不要になったものをそこらに投げすて、悪臭をはなって地下水を汚染するごみの山をつくっていた〝大昔〟を知っている人間なのだ。

「マレシュ！」

「は、チーフ？」

「ハンザ司令部とスチールヤードに連絡しろ。ダウォク＝2へのハンザ船団の派遣を検討させるのだ。機会があれば、時間転轍機を調査し、必要ならば破壊するように」

「ここでは破壊しないのですか？」

「第一、それには戦力が不足している。第二、ここには友がいる。その運命をはっきりさせるほうが優先だ」

「そのように伝えます」と、エルトルス人。

「こっちはどうなります？　われわれの救援にはだれが？」パニックに駆られた声が響いた。

「自分の提案をよく考えるべきです」エイリングがいった。「このことで、あなたは種族の人々から憎まれることになるでしょう」

「それは想定内だ」と、ローダン。「行こう！」

＊

オロフォンは壁によりかかり、なんとか自制しようとした。

目の前の光景に、心底、震えあがっている。すべてが理解できるわけではないが、かれもばかではなかった。

スクリーンにうつしだされた、醜いグリーンとブルーの映像を見る。それは恐怖の映像だった。死がすべてを支配し、生命のかけらさえ見あたらない。生きている血液中にエイリングが垂らした染色のための毒は、そこにいたすべての生命を殺していた。大虐殺だ。

幻滅はあまりにもすばやく訪れた。かれは唯一の銀色のセオリ人であるエイリングを、心の底から崇拝していた。かれにとってエイリングは、セオリ人全体の進化の階梯《かいてい》をひとつひきあげてくれる存在だった。一種の〝超セオリ人〟だ。

それなのに、こんなことを。

セオリ人にも悪人はいる。他人の食糧を盗む者さえ……だが、他人の生命や健康をわざと害するセオリ人というのは聞いたことがなかった。

エイリングがしたことは、それよりもはるかにひどい……ただ楽しみのために、病んだ好奇心を満たすために、生命を殺戮したのだ。考えただけでオロフォンのからだは震えた。

人々がこの話をどううけとめるだろう、と、考える。

オロフォン自身は半神エイリングといる時間も長く、そのやり方に多少は慣れているが……一般のセオリ人はそうではない。ずっとかれを妄信している。自分の言葉に耳をかすだろうか？

「たぶん、無理だ」オロフォンは犯罪者のラボのなかで、絶望してつぶやいた。

顔をそむける。恐怖の映像を見ていられない……だが、それを船長たちに見せ、正しい決断をもとめなくてはならなかった。

セオリ人のあいだで革命が起きることになる……だが、この根本的な変化がどのようなものになるのか、オロフォンにも想像がつかなかった。エイリングへの評価がいきなり逆転して、かれ自身、頭がおかしくなりそうだ……これが隔離船団全体に波及したら、いったいどうなるか……

「どうしてこんなことに？」オロフォンはすすり泣いた。

エイリングのことが、もう理解できない。どんな意味があるのだ？　なぜ、かれはこんなことを？

こうなることを予測すべきだったのだ。最初のとき、はっきりとわかっていたはず。予測できなかったとしても、二度めの準備を手伝うべきではなかった。

オロフォンはスクリーンの映像に視線をもどした。

ふたつの血液の試料が表示されている。自分の血液もそこにあった。死んで冷たく凍りついている。オロフォンは目をしばたたいた……なにかが見えたのだ。

自分は明らかに、かなりエイリングの影響をうけているらしい……自分の血液の映像になにかが見える。同じものが、エイリングの血液にはその十倍以上も存在している。

一微小生命体が、死の寸前、べつの微小生命体を捕食しようとしていた。たぶんエイリングによる操作の結果だろう。

なぜなら、エイリングの血液中には、その状態のものが大量に見られるから。違いがあるとすれば、オロフォンの血液中で捕食されているほうの微小生命体が、エイリングの血液中では捕食者になっていた。ただ、思い違いかもしれない。はっきりしているのは、エイリングの血液中で微小生命体のふたつの種族が戦っていることだ。恐ろしい光景だった。エイリングの毒で捕食者と犠牲者がどちらも死んでいるという事実が、さらに気分をめいらせる。

この恐ろしい映像を、ほかの者たちに見せてもいいものだろうか？

オロフォンはすぐに決断した。船長たちにゆだねることにしたのだ。

エイリングの回線を使い、船長会議に接続する。

「エイリング！」ベネデルが呼びかけるのが聞こえた。「あなたがしようとしていることは、犯罪です！」

オロフォンはマイクロフォンをつかんだ。

「もっとひどいことがあるんです、船団長。エイリングは自分の船でも罪をおかしていました」

そこでいいよどんだ。違うことをいうつもりだったが、〝殺害〟という外来語を、とっさに思いつかなかったのだ。

ベネデルが不機嫌そうに顔をあげ、

「エイリングのラボでなにをしている？」と、詰問。「許されない行為だ」

「わかっています」と、オロフォン。「自分の目で見てください！」

ふだんエイリングの実験のようすを司令室に中継しているカメラを操作する。

ベネデルはとほうにくれた顔になった。

「これはなんだ？　理解できない」

「かんたんです」と、オロフォン。「この映像を見てください。血液を拡大したものです」

「それで？」

「通常、われわれの血液のなかでは微小生命体が動きまわっています。それに、知ってのとおり、血液の色はグリーンです」

ベネデルは映像を見つめた。

「なにがいいたい？　つまりエイリングが……？」

「自分の血液とわたしの血液を採取して、検体にしました」

「きみも関わっているのか？」

「本意ではありませんでした」オロフォンはへりくだるしぐさをした。「エイリングと争うことはできませんから。違いに注目してください。この、短い尾のあるまるいものが、べつの微小生命体を捕食しているのがわかりますか？」

中継は完璧で、オロフォンはベネデルたち司令室要員が、嫌悪感で黄色くなるのを眺めた。

「自分がなにをいっているのかは、よくわかっているつもりです」オロフォンの声が響く。「この尾のある奇妙な生命体は、エイリングの体内で生きています。どうやってはいりこんだのかはわかりませんが……そこで生きているのです。エイリングが意図的に生命体を殺すのは、これのせいにちがいありません」

「なんと恐ろしい」と、ベネデル。「とても信じられない」

「信じるしかないのです」と、オロフォン。「それに、もっと恐ろしい疑惑があります」

「もっと恐ろしいだと？」

オロフォンは同意のしぐさをした。

「どういえばいいのかわからないのですが……わたしの血液を採取するとき、エイリングはとても興奮していました。われを忘れるくらいに。奇妙に聞こえるかもしれませんが、情熱を持って恐ろしいことをしているように感じました。わたしが恐れているのは、治療者として異人のもとに向かったわけではないのではないかと……」

「まさか！」

ベネデルの叫びがスピーカーを震わせる。

「残念ながら、事実です」と、オロフォン。「エイリングは恒星風ペストを、意図的にひろめようとしています」

セオリ人たちは凍りついた。

これほど恐ろしい考えは、かれらの限度をこえていた……そんな計画を実行にうつすことなど、だれにもできない。

それができるほど同族と異なっているセオリ人はただひとり……全セオリ人の理想である、治療者エイリングだけだ。

「どうすればいい？」ベネデルがたずねた。「聖なる宇宙にかけて、われわれ、いま、なにをすればいい？」

セオリ人は永劫の昔から、このカタストロフィを回避しつづけてきた。そのために全力をつくしてきたのだ。行く先々で苦しみ、餓えながら、他種族との接触を避けてきた。なのにいま、その伝統が覆されようとしている……たったひとりの虚栄心のために？

オロフォンはエイリングのラボの装置をしめした。

「これをどうしましょうか？　あとで人々に見せるため、保存しておきますか？」

「すべて破壊してしまいたい」と、ベネデル。「エイリングに呼びかける。異人にもだ。なんとしても……」

船団長はためらった。これまでどんなセオリ人も考えなかったことが頭に浮かんだのだ……以前のような屈託のない状態には、もう二度ともどれないだろう。一セオリ人が大虐殺を計画し、準備して……全種族を道連れにしようとしている。信じられないほど忍耐強く狡猾《こうかつ》な悪が、罪のない者たちをうしろにひきつれ、邪悪の渦に飛びこもうとしている。

「なすべきことはひとつだ」ベネデルが苦しそうに、ゆっくりと発言した。「エイリングに計画を実行させてはならない」

オロフォンは身震いした。その言葉の意味がわかったから……ベネデルはエイリングを殺すことを考えている。それはこのうえなく重大な、種族的倫理の対立だった……殺人が殺人をひきよせている。暴力をとめるための暴力という死の円環に、セオリ人は囚《とら》われようとしていた……その終わりは見えない。

ベネデルが命令をくだした。

「エイリングに関わるものをすべて破壊しろ。種族の記憶から、その存在を抹消するのだ」

オロフォンはエイリングのラボのなかを見まわした。火をはなつのがいちばんいいだろう。

暴力を使うことになるのはわかっている。これまでなら、考えられなかった。だが、

このところ、多くの新しいことが起きている。

長くはかからなかった。十五分ほどで最初の炎が壁を舐め、高く燃えあがった。火が

全体にまわるのを確認し、ラボを出て、背後でドアを閉める。

炎はエイリングの仕事をすべて焼きつくした。

顕微鏡も、血液を採取したシリンジも、組織をくわしく検査するための染色剤も。尾

のある細菌が血液の成分を捕食している、オロフォンが自分のものと誤解した映像も…

…かれは恒星風ペストの原因を見ていながら、そのことに気づかなかったのだ。

オロフォンがもうひとつ見おとしていたのは、その血液中に特殊な微小生命体が存在

し……恒星風ペストの病原菌を見つけては、捕食していることだった。つまり、病気と

戦っていたのだ。

炎は、セオリ人を救うことができたはずのものを、すべて焼きつくした。

こうして恒星風ペストは生きのびた。またあらたな犠牲者を見つけることができる。

いつでも、どこでも。

9

トクサルとダレエナは愛の巣の瓦礫《がれき》のなか、抱きあってすわっていた。テレカムはずっと作動している。

個々の場所に通信が確立しているため、アルキスト全域の通話内容を聞くことができる。

だが、そんな余裕のある者は多くなかった。アルキストにはパニックが蔓延していた。宇宙港では緊急スタートした二隻が衝突し、死傷者の数さえ、まだわからない。

「球型艦、応答せよ！　球型艦、応答せよ！」

「きっと異人だわ」ダレエナがささやいた。

「そうだな」と、トクサル。片腕でしっかりとアルコン人女性を抱きよせている。「これ以上なんの話があるんだろう。もう病気はばらまいたのに」

「こちらローダン！　話を聞こう」

「聞いてください、ペリー・ローダン。正しい情報を伝えます。そちらが艦内に迎えいれたセオリ人は、ふつうのセオリ人ではありません。治療者であり、われわれも、そううけとめていました。かれは突然変異体で……われわれのなかでただひとり、恒星風ペストに免疫を持っています」

ダレエナとトクサルは顔を見あわせた。つまり、まだ助かる可能性があるということか？

「聞いている」

「その者は頭がおかしくなったと判断するしかありません。生命体を犯罪的な実験に使用し……こんどは疑惑が持ちあがっています。意図的に……」

スピーカーから奇妙なうめき声のようなものが流れた。

「つづけろ！」と、ローダン。

「……かれは考慮のすえ、意図的に……」

どうやら異人はそれ以上話ができそうになかった。いおうとしていることは見当がつく。

「つまり、意図的にわれわれを感染させようとしたというのか？」

「感染？」

「病気をうつすことだ」と、ローダン。トクサルが聞いたその口調は、まったく興奮を感じさせなかった。自分は安全だとわかっているらしい。

「われわれはそう思っています」と、セオリ人。「そのため、われわれにはできないことを、あなたがたにお願いしたい……われわれ、その種のことには耐えられないので」

「なにを……」

トランスレーターを通し、通信状態もよくないというのに、セオリ人の言葉には内心の感情がはっきりとあらわれていた。

「お願いしたいのは……」

空白は話し手だけでなく、聞き手にとっても苦痛だった。

「治療者を殺すことです！」

叫ぶような声がスピーカーから流れたあと、セオリ人のとめどなくすすり泣く声が聞こえた。

「忠告に感謝する、友よ」ローダンがいった。「治療者は殺さない……理由がないから」

「なぜです？　あなたたちを殺そうとしているのに！」

「それは違う」と、ローダン。「われわれ、予防処置を講じている。見てのとおり、全員が宇宙服を着用し……艦内の全スペースを開放してある。真空中で病原菌は生きられない。治療者も宇宙服を身につけている。当面、危険はない」

「そう思えるかもしれませんが、われわれは経験的に、危険だと知っているのです……

はるか昔から」

「くりかえし起きることだからといって、それが正しいとはかぎらない。われわれ、きみたちを助けたいと思っている」

狂気じみた笑い声がスピーカーから流れた。数光年以内の全員が、つづく言葉を耳にしただろう。

「われわれを助ける？　異人よ、まず自分自身と、自分の種族の身を心配すべきです。できるなら、いちばん近い恒星に宇宙船ごと突入し、自分たちが犠牲になるだけですむことを願うといいでしょう」

「なんてこと」ダレエナがつぶやいた。「なにもかも、想像したくないわ。あの恐ろしい時間転轍機とやらがセオリ人数人をとりこんだら……終わりのはじまりになるわ」

トクサルはうなずいた。

数人の感染者がいれば充分だ。自家用ヨットのなかにはハンザ船なみの速度の出るものがある。宇宙ハンザの勢力圏内では、事実上、無制限の移動の自由があるということ。あらたな伝染病が発生したとき……これはしょっちゅう起きていることだが……できることはたくさんある。基本的には、ウィルスや細菌がひろがるよりも早く、治療薬を研究し、生産することが必要になる。病気の原因を解明して対抗手段を開発できれば、患者には充分な医薬品や人員が行きわたり、銀河系居住者の大多数のための戦いを、有利に進めることができる。数千人の犠牲者は出るかもしれないが、最終的には病気を制圧し、ほかの数十億人を救うことができるのだ。

一方、病気がひろがるほうが早かったら……結果は逆になる。ひとりの医師が一日に百人の患者を診ないと追いつかないのに、実際に治療できるのは五十人が限度という状況になったら、感染爆発が起きる。

地球でも、そんなカタストロフィが起きたことがあった。

黒死病……ペストの大流行である。ヨーロッパで野火のようにひろがったこの病気がようやく下火になったのは、いってみれば、黒死病が襲いかかる人間がもういなくなったからだった。

いま、銀河系全体がそんなカタストロフィの淵に立っているのか？　そう考えると、どれほどタフな精神の持ち主でも全身に鳥肌がたつだろう。

たんに人命が失われるというだけのことではないのだ。その人々は仕事についており、多かれすくなかれ、代えがきかず……それぞれがたがいに依存しあっている。その犠牲者たちの経済面・技術面での働きに依存している人々の生命まで、大規模な危険にさらされるかもしれないのだ。

ワクチンや血清や治療薬が生産され、配布される前に病気が蔓延してしまったら……

ペストが蔓延したら、犠牲者は病気で死ぬ数百万人だけではない。その犠牲者たちの経済面・技術面での働きに依存している人々の生命まで、大規模な危険にさらされるかもしれないのだ。

恒星風(みまい)ペ

「ダウォク＝2へのハンザ船団、応答せよ」ローダンの声が聞こえた。

「こちらダウォク＝2近傍、ジュルン・ハフサー司令官です。船団は時間転轍機に到着しました」

「けっこう。現状はどうなっている？」

「物体はおちついています。近傍の惑星についても、どこも比較的平静です。このあとどうしますか？」

「使用可能な全システムで、時間転轍機を攻撃することを提案する。ただし、最初は小火力で、徐々に威力をあげていくのだ……一撃で破壊してしまいたくはないから」

「そのように命令して物理攻撃を試みたのですが、むだでした。物体から八キロメートル以内に近づけないのです……おまけに、時間転轍機から数千キロメートルはなれたポジションでも、計器が狂いはじめることが判明しています。直近ではテレカムも作動しなくなります」

「もっと強力な武器を使ってみろ」

「ためしてみたところです」と、ハフサー。「軽インパルス砲を撃ちこんでみましたが、やはり損傷は見られません。さらに強力な武器でも同様でした」

トクサルはあきらめのしぐさをした。次は分子破壊砲、それでだめならトランスフォーム砲が出てくるだろう。

アルキストのしずかな小島の家でそんな話を耳にするのは妙な気分で、まるでラジオ・ドラマでも聞いているようだった。ただ、これは現実に起きていることなのだ。

「残念ながら、トランスフォーム砲の準備をするしかなさそうです」司令官がいった。

「気は進みませんが」

その感覚は理解できた。時間転輸機がここで見せた力はあまりにも謎めいていて、トランスフォーム砲で攻撃した場合、どんなカタストロフィが起きるか予想がつかない。

「最初は小出力でためしてみます」と、ハフサー。「それでようすを見ましょう」

「結果が出るといいけど」ダレエナがつぶやいた。「あの物体に対してなにもできないとわかったら、どんなことになるか想像してみて。時間転輸機を建造して、ここに送りこんできた相手なら、こっちにとんでもない損害をあたえられるかもしれない」

「いま起きてることが、まさにその相手の意志なのかもしれないな」と、トクサル。

「被害をあたえられません」と、ハフサーの声が報告。「出力をあげます」

「いい知らせがあるぞ」いきなりエルトルス人のガルガン・マレシュが割りこんできた。

「聞かせてください」と、こんどはアルキストの通信士。「どんなちいさな希望でも、歓迎します」

「エイリングは完全に健康だった……血液検査の結果、われわれにとって危険なものはなにもなかった。数種類の病原菌は保有しているが、代謝システムがまったく異なるたか？

め、人類に影響することはない」

「セオリ人、応答せよ……いまのが聞こえたか？」と、ローダン。

「話は聞こえましたが、信じられません。そちらの間違いでしょう」

「それはありえない！」と、マレシュが口をはさむ。

トクサルとダレエナは顔を見あわせ、ほほえんだ。結局、すべてうまくいくのだろうか？

＊

艦内を宇宙服で歩くのは奇妙な気分だったが、ローダンはすぐに慣れた。ちょっとした不都合よりも、目の前の使命のほうがはるかに重要だ。

一スクリーンに表示されたエイリングの血液の映像を見る。セオリ人はすぐ横に立っていた。銀色の顔とふたつの赤い目は無表情だが、それはテラナーにそう見えるだけだろう。

「この映像は知っています」治療者がいった。「あなたがたはこの分野で、われわれよりもはるかに先を行っているようです。われわれの文化では、この微小生命体を研究のために殺すことが禁じられています」

ローダンは異人に向きなおった。

「なんだって？　つまり、血液を分析したことがないか？　細菌も、バクテリオファージ

も、抗体も抗原も知らないのか……？」

「そういう概念は知られていません。どういう意味ですか？」

「セオリ船団、応答を！」と、ローダンが急いで呼びかける。「軽率な判断をするな。

きみたちが助かる見込みは急激に大きくなっている」

「どうしてわかるのです、ペリー・ローダン？」隔離船団の船団長がたずねた。

「われわれ、この分野については研究ずみだからだ。きみたちのひとりをこちらに移送

する用意はできるか？　健康な個体を検査しても、たいしたものは発見できない」

「なにを発見すると？」

「きみたちのなかにいる、ウィルスか細菌だ」

「それはなんなのです？」

ローダンはセオリ人が誘導尋問をしかけていることに気づいた。

細菌は微小生命体で……セオリ人は可能なかぎり生命を大切にすることを、なにより

も重視する。だが、病気を治すためには……その原因となっている病原菌を殺さなくて

はならない。

セオリ人にその覚悟はあるのだろうか？

ローダンは恐ろしい疑念をいだいていた。セオリ人はこの期におよんでなお、意図的

に生命体を殺さないという原則に固執《こしゅう》するのではないか、と。

そのときはどうすればいい？　セオリ人自体を救うことはできない……が、そのまわりにいて、朗報を待っている者たちなら助けられるだろう。

「返事を待っている」ローダンは親しげにそういった。

「それはできません」と、隔離船団長。

「だとすると、きみたちに未来はない」と、ローダン。「そればかりか、船団の近くにいる多数の種族を殺すことになる」

「それはこちらの責任ではありません。われわれは接触を避けようとしました」

それはまちがいなく事実だ。

「こちらダウォク＝２近傍」ハンザ船団の司令官からふたたび連絡がはいった。

「ローダンだ。どうした？」

「あらゆる手をつくしましたが、物体は破壊できません……どんな攻撃も通用しないようです」

「危険な任務に尽力してくれて、感謝する。船団を撤退させろ。ただし、目ははなさないように」

ローダンは鼻の左側をこすった。

この件に関してジェン・サリクから受領した情報を思いだす。これまでのすべての情報がしめしているのは、時間転輸機の出現と最初の攻撃が、セト＝アポフィスのしわざだということだった。

今回の試みは封じたが……次の試みがもっと大がかりだったら、銀河系の種族はどうなる？　テラが、あるいはほかの惑星が、ある日突然、宇宙から爆撃されたら？　土塊や原始的な武器を持った昆虫戦士ではなく、戦車や核爆弾が使われたら？

この時間転輸機に対抗手段は存在するのか？　もしあるなら、すぐにも見つけなくてはならない。セト＝アポフィスが次の攻撃にかかる前に。

どんな武器であれば対抗できるのか、ローダンにもはっきりとはわからなかった。断片的な情報から判明しているところでは、べつの時空とのあいだに通廊をつくり、物体や生命体を特定の方向に射出できるらしい。

あらゆる時代のあらゆる場所から、あらたな敵が出現するということ……それがどんな脅威なのかは、今回の小手調べでだいたいわかった。

「われわれを助けないというなら、どうしたいのだ？」ローダンはセオリ人船団長にたずねた。何度もこのふたつの問題のあいだを行き来しているにちがいない。解決はそうむずかしくないのに。

「わかりません」と、セオリ人。

「いずれにしても、きみたちはもう故郷にはもどれない」

そういった瞬間、ばかげたアイデアがひらめいた。うまくやれば時間転轍機を逆方向に作動させ、反撃できるのではないか……ブーメランのように、攻撃してきた相手のところにもどっていくのでは？　まだたんなる推論、希望的な夢にすぎないが……実証してみなくては。実現不可能に見えるアイデアから、役にたつものが生まれた事例はすくなくない……ものの見方の問題なのだ。

「こちらもリスクを分担する」と、ローダン。「もし、われわれも恒星風ペストにかかったとしたら、きみたちの船団にくわわろう。そちらにとっても有益な提案と思うが？」

返答はない。ローダン自身、こんな急展開は予想していなかったのだ。

「われわれ、ほかの時間転轍機を発見し、監視しなくてはならない。たぶん五つあるはず……似たような現象に見舞われた惑星の数から考えて」

「五つも？」マレシュがつぶやいた。「銀河系もかわいそうに」

ローダンは自信たっぷりに微笑した。

「この問題はかならず解決する。だから、隔離船団にたずねる……われわれに手をかす気はないか？」

10

オロフォンは不機嫌に大型スクリーンを見つめた。

そこには《ツナミ36》の艦内のようすがうつしだされている。異人はかれらのラボと隔離船の司令室を結ぶ回線を確立していた。

オロフォンにはすべてが冒瀆《ぼうとく》に思える。ここで起こることなど見たくない……心の底から嫌悪をおぼえた。

エイリングのラボを焼きつくしておいてよかった、と、思う。もうセオリ人を、あの裏切り者がやったように、実験台にすることはできない。

エイリングの悪事が許せなかった。ほかの者たちはおおむねもとどおり、唯一の存在を崇拝しつづけていたが。

オロフォンはエイリングを憎んだ。なぜなのかは本人にもわからない。

「われわれ、ほんとうに救われると思うか？」と、ベネデルがたずねた。相手との回線はつながったままだが、《ツナミ36》のようすを隔離船団で知ることができるのは、船団長と一部の要員だけだ。ほかの者たちは日常生活にもどっている。興奮しても害になるだけだから。

「たわごとです」と、オロフォン。エイリングの悪行を暴いたのにたいした反応がないので、腹をたてている。「われわれをだまそうとしているんです」

「なんのために?」と、ベネデル。「わたしはあの者たちを信じたい……が、まだためらいがある。きわめて危険な事態だから」

「泣き言はやめてください!」べつの者がいった。「問題はこれからです」

画面上にはっきりとうつるのは、一セオリ人が相手艦に収容されたあと、ふたたびテラナーが大勢出てくるようすだ。セオリ人が宇宙服姿のまま、《ツナミ36》の一ステーションに横たわり、科学者たちがその世話をしている。

オロフォンはそのステーションの内部が、エイリングのラボと驚くほど似ていることに気づいた。エイリングはテラナーの指導者とともに、宇宙服を脱いで司令室の中央に立っている。オロフォンにとっては胸の痛む光景だった……セオリ人がほかの生命体とならんで立ち、話をするというのは、永劫の過去からなかったことだ。以前なら、話をした相手は死を運命づけられた。オロフォンの考えでは、いまもそのことに変わりはない。

セオリ人が恒星風ペストにかかるのは、自然の摂理なのだ……自然はそれを変えようとする試みを嫌悪する。その嫌悪感を、映像を見たセオリ人数人も共有した。異人たちが一セオリ人を完全に無菌とされる箱にいれ、衣服を脱がせ、血液を検査している。

「いまから、採取した血液を分析装置にいれる」と、ローダンが説明する。「結果はすぐに出る。手元にある薬剤でなんとかなるか、専門家が必要か、ほんとうに治療が不可能なのか、わかるだろう」

「可能性があると思うのですか?」と、ベネデル。

「あらゆる可能性を考慮する必要がある」ローダンが答えた。

「初期データがいくつか出ています」と、《ツナミ36》の一乗員。たぶん医師だろう。「まだ概要だけですが。セオリ人は昆虫型種族で、循環器系を有し、生存には血液が必要です。血液の構成成分は人類に類似しています」

「それはつまり、病気が人類にも……?」

「ええ、われわれにも感染するかもしれません……が、その可能性はちいさいでしょう。ただ、ウィルスの形質導入には注意する必要があります。これが起きたら、われわれはおしまいです」

「その形質導入について、もうすこし説明してくれ」ローダンが親しげにいう。

「かんたんにいうと、菌が原形質を通じて、ほかの菌と情報を交換することです……そこには当然、既存の医薬品から身を守るための情報もふくまれています」

「すると……つまり……奇妙な話だが……われわれにとって無害な耐性菌が、原形質を通じて、セオリ人の菌と手を結ぶということか?」

「そうです。たとえば人類の腸内細菌が、適応するための情報をセオリ人の菌に教えたりするのです」

「それが起きなければ?」

「通常の医薬品が、セオリ人の体内で発見された病原菌に、かなり高い確率で効果を発揮するでしょう。セオリ病原菌に耐性がなければ、根絶できるはずです」

「"根絶"とはどういう意味です?」ベネデルがたずねる。

トランスレーターから聞こえた答えは、想像を絶するものだった。根絶とは、異人がなんらかの手段をもって、対象サンプルを物理的にすべて死滅させることだという。……たぶん、異人はこれをずっと以前から実行してきたのだ。

オロフォンが見ると、セオリ人船長数人が嫌悪感で黄色くなっていた。エイリングがどんな相手と協力しているのか、わかってきたようだ。……相手はセオリ人の知るかぎり、もっとも恥ずべき殺戮者ということ。親切な顔をした異人の恐るべき本性が、わずかな言葉のなかにもあらわれている。

「形質導入が起きた場合はどうなる?」ローダンが重ねてたずねる。

医師はなんの悪気もなく答えた。

「その場合、状況によっては、きわめて危険なセオリ病原菌に腸内細菌の免疫システムが宿るという事態が生じます……これ以上ないほど致死性の高い病原菌ということになるでしょう。銀河系はとてつもないものに直面することになります」

「と、いうと？」

「死です！数十億人の死……それがこの病原菌に対する特効薬が開発されるまでつづきます。銀河系で生きのこるのは、生まれつきセオリ病原菌に対する免疫を持っている者たちだけ……その数は多くはないでしょう」

オロフォンはがまんできず、マイクロフォンに手をのばした。

「もうやめてください！」と、しわがれた声で叫ぶ。「テラナーがどんな生物か、もうわかったでしょう？命についてどんなふうに話しているか、聞こえたはず……まるで、どうでもいいものであるかのように」

オロフォンの叫びには効果があった。セオリ船の各司令室からも声があがった。

「そのとおりだ、あの者たちから距離をとらなくてはならない」

「宇宙最悪の犯罪者どもではないか！」

「だったら、われわれ、どこに行けばいいのだ？」すべての声を圧して、ベネデルが叫んだ。「もうあらゆる手をつくしてきたのに！」

「どこでもいいんです」と、オロフォン。「どこでも同じです。とにかく、あの邪悪な連中からはなれられれば！」

ベネデルは絶望のしぐさを見せた。

「セオリ船団、応答せよ。報告することがある」と、テラナーの声。

ベネデルは一瞬ためらったあと、通信回線を遮断した。

次の瞬間、かれは意識を失い、その場に倒れた。

＊

「向こうでなにがあったのだ？　どうして通信を切った？」ローダンがたずねた。

「わかりません」と、エイリング。「たぶん、ここで起きていることに耐えられなくなったのでしょう」

ローダンの横に立った医師は、艦載ポジトロニクスによる分析データを手にしていた。

「信じられません。まったく信じられません」

「説明してもらえるかな？」

「これは惑星ツァリトで発見された、ごくありふれた球菌で、医学文献上、数千年前から知られているもの。無害で脆弱な病原菌です。そうでなかったら、セオリ人はとっくに絶滅していたでしょう。注射一本で、二日もすれば、もうだれも恒星風ペストの話などしなくなるはずです」

うだ」

「それはどうかな」と、ガルガン・マレシュ。「セオリ人はその注射で死んでしまいそうだ」

「たしかに。代謝が異なりますから……よく起きることなのです。かつて地球でもありました……インフルエンザです。インフルエンザに慣れているヨーロッパ人は熱っぽいと感じる程度の症状ですみますが、スカンジナヴィア北部のエスキモーにとってははじめての感染で、数千人が死亡しました。なんの防備もないところに、ウィルスが襲いかかったからです」

「おい、どういうことだ?」

マレシュの声に、司令室の面々は耳をそばだてた。ローダンが振りかえる。

「どうした?」

「消えてしまいました!」と、マレシュ。「隔離船団が消えていきます!」

「昆虫戦士と同じです」ハンス・ハルセンがいった。「ただ、すこし早いようですが」

ローダンは目を閉じた。いま、セオリ船団内でなにが起きているかを考える……パニック、不安、恐怖。恐ろしいことになっているだろう。

「ペリー・ローダン、応答を!」

ローダンはマイクロフォンをつかんだ。スクリーン上にセオリ船団のベネデル船団長があらわれた。

「こちらローダンだ。できることはあるか?」

「ベネデルは幸福なのです」と、エイリング。「言葉にできないほど!」

「われわれはこの時空連続体に適合しないことがわかりました」ベネデルがしずかにいう。「船は消滅し、われわれも消えかけています」

「不安はないようです」エイリングがつぶやく。「かれらが恐れていないことは、はっきりとわかります。なんという光景だ」

「われわれの生命の問題を解決する方法を、ついに発見しました」と、ベネデル。「もう恒星風ペストにかかる者はいません……すくなくとも、われわれのせいで罹患する者は」

ローダンは口をはさもうとしたが、ベネデルがそうさせなかった。

「助力を申しでてくれたことに感謝します……助けにはなりませんでしたが、うれしく思いました。われわれが出現したことで、そちらに大きな損害が出ていないことを願っています。さようなら」

画面がふたたび暗くなる。

《ツナミ36》の司令室はしずまりかえった。信じられない光景がくりひろげられる。いくつものスクリーン上で、船が次々と消滅していく。

「防御バリアをはれ!」ローダンの指示に、マレシュがただちに反応した。

エイリングは微笑していた。

「役にたつとは思えません」と、弱々しい声でいう。「わたしも友たちにつづくでしょう。どこに行くのか、どんな連続体なのか……あなたがたも、死ねばきっとわかるでしょう」

スクリーン上で、治療者のために特別に建造された銀色の船が消滅した。

エイリングは勝利のしぐさをした。

司令室のだれにも伝わらなかったことに気づき、トランスレーターのスイッチをいれる。

「未知者からの贈り物のすばらしさに、ようやく気づきました」エイリングは自分に向かってそういった。深い感謝の念をおぼえている……ローダンとその友たちに対する感謝だけではない。時間転轍機を使って、セオリ人にその凄惨な問題の解決策をあたえてくれた未知存在……あるいは、未知種族？……に対する感謝だ。

心地よい疲労感がエイリングをつつむ。

「さようなら」と、かれはいった。

＊

エイリングは乗員たちの目の前で、はじめから存在しなかったかのように消滅した。

最後のセオリ人は仲間たちのあとを追い……《ツナミ36》の防御バリアは、その進行を一瞬遅らせただけだった。

「もしかして、わたしが……」ベリル・ファンセがつぶやく。

ローダンには彼女の考えていることがわかった……ミニATGを使えば、エイリングを救えたかもしれないというのだろう。

「本人が是認したとは思えない」ローダンはいった。「セオリ人がわれわれとは異なるメンタリティを有しているのは明らかだ」

「むしろ、この件の黒幕が気になります」と、マレシュ。「真の犠牲者はわれわれなのか、あわれなセオリ人なのか？」

ローダンは、わからない、というしぐさをした。

疑問は数多いが、答えはわずかしかわかっていない。解決すべき問題にくらべて、打てる手は笑ってしまうくらいすくなかった。

「詳細な報告を待つしかない」ローダンはもう長らく眠っておらず、細胞活性装置があってさえ、すこし疲労をおぼえていた。かれは大きく伸びをした。「ハンザ司令部に連絡しなくては。ネーサンと、もちろんスチールヤードにも」

「必要な手配はしておきます」マレシュがいう。ローダンはうなずいて、

「わたしはアルキストに向かう。《ツナミ36》で追ってきてもらいたい。時間転轍機

が再作動するなら、この目で見ておきたいから」

「あの物体はほうっておくのですか？」

「観察は継続する。いまのところ、できることはそれだけだ」

「アルファン＝ゾル宙域の時間転輸機はどうします？」

「やはり観察させる」と、ローダン。「恐ろしいことだが、これが現実だ……当面、見ていることしかできない」

ローダンはすこし休息しようと、司令室をあとにした。マレシュはそれを見送り、肩をすくめた。

「あんな重責は負いたくないものだな。ま、とにかくセオル＝オ＝ロラスの隔離船団の問題は解決した……いささか悲しいかたちの結末だったとはいえ」

「本人たちは納得しないでしょう」と、ハルセン。「重要なのはそこです。かれらはいったいどこからきたのか……べつの時代、べつの宇宙から？」

ベリルは唇をすぼめて口笛を吹き、ヘザーを呼んだ。猫はエイリングがいるあいだ、すみっこにいたのだ……異人が気にいらなかったらしい。

「ヘザーはどうしたのかしら？　このところおちつきがないのよ」

「ヘザーだけじゃない」ハルセンがつっけんどんにいう。「銀河系全体がそうだ」

「でも、猫は本来、そんなこと気にしないわ」

「ヘヴァルダーのココに訊いてみればいい……あんな箱にあれだけの費用をかけたんだ、それを正当化するくらいの働きはするだろう」と、マレシュが口をはさむ。

ラッソ・ヘヴァルダーはハンモックの上で伸びをした。ちらちらとヘザーを見ながら、かすかに羨望の表情を見せた。

「これほどのポジトロン脳の存在自体が、その費用を正当化しているのさ。そもそもあんたは、エルトルスで食った肉の山にかかった費用を償還したのか？」

「きみよりは先にな、ちびのシガ星人」と、マレシュ。「だが、もっと友好的に話をしたほうがいいんじゃないか？」

それに応じて、笑い声があがった。

＊

「どうする？」と、ダレエナ。

「われわれ両方の父親に圧力をかけよう」トクサルは提案した。「ほかにもっといい考えがあるか？」

ダレエナは首を横に振った。美しい巻き毛が弧を描く。

「かれらと和解できるとは思えないわ」

これはたぶんそのとおりだ……ふたりがたまたま発見した両家の秘密は、あまりにも重大で、危険だった。

「じゃ、アルキストから姿を消さないと」

「どうやって？　お金もないし、手段もないのに？」

トクサルは考えこんだ。さまざまな条件を徹底的に考察するのがかれのやり方だ。その結果、解決策を思いつく。

「ひとつ考えがある。ただ、きみが理解してくれるかどうか」

「聞かせて」と、ダレエナ。

「しばらくのあいだ、アルキストの森のなかに身をひそめる」トクサルがいうと、ダレエナは息をのんだ。若者は先をつづけた。「きびしい生活になるだろう。周囲を捜索しなくちゃならない……アルキストで売れるものがなにかあるはずだ。毛皮、めずらしい花、なんでもいい。そういうものを集めて売り、充分な蓄えができたらアルキストから出ていき、どこかべつの世界を探す」

ダレエナは深いため息をついた。

アルキストのような住み心地の悪い惑星で、この先何年もすごしたくはない。風采のあがらないまぬけといっしょではなおさらだ。だが、一方……自分が思いあがっていたことも自覚していた。トクサルについても、時間とともに見方が変わるかもしれない。それにいまは、ほかに選択肢がなかった。いずれにしても、トクサルについていくしかない。

「それでいいわ」彼女はゆっくりと、ためらいがちに答えた。「あなたといっしょに行く」

トクサルは歯の欠けた笑みを見せ、

「後悔はさせないよ」と、約束した。

＊

かれの硬直した肉体は、まるで石と化したかのようだった。必要なら真空中でも活動できる。ほかにもできることは多い。

かれはいわば戦闘マシンだ。場合によっては献身的なまでの情愛もしめすのだが。

人間の脳が考えだせるなかで、もっとも酷薄な生命体だった。その種族の一員が怒りに駆られて戦闘におもむき、敵に突進していくようすは……まさに恐怖《きょうじん》そのものだ。

また、かれは自然が生みだしたもっとも完璧な生命体だった。強靭な膂力《りょりょく》を有している。コンヴァーター胃でほとんどあらゆる物質を消化し、肉体化することができるし、逞しい脚二本と四本の腕を持ち、全速力で壁につっこんでくるグライダーをうけとめることもできる。

肉体的な力だけではない。かれは、それぞれが独立して機能する脳をふたつ持っている。通常脳は日常の動作を支配し、計画脳は一種の有機計算機、すなわち生体ポジトロニクスとして、高度な能力を発揮する。

その計画脳が、いまこの瞬間、かれを脅かしていた。

かれはもう脳の機能を制御できなくなっている。かれのような生命体にとっては信じられないことについて、悩んでいるのだ。

かれは強迫観念に囚われていた。ひとつの考えが頭からはなれなかった。

〝デポ〟に到達しなくてはならない。それ以外はすべて些事《さじ》だ。〝デポ〟に到達しなくてはならない。

ツナミ艦に密航したのも、この目的のためだった。

それを見ている者がいたら、恐怖に震撼《しんかん》したはず。

ペリー・ローダンが乗っているツナミ艦に、ハルト人が密航しているのだ。

そのハルト人、イホ・トロトは、ローダンの長年の友である。

そのトロトが、かつては擁護していた人類の、敵になろうとしているのだろうか。

時間塵

H・G・フランシス

登場人物

ペリー・ローダン	宇宙ハンザ代表
イホ・トロト	ハルト人
アニー・ヴォルシェイン マルレット・ベルガ トム・バレット	惑星アルキストの住民
キルル キキュー	異生命体

1

ペリー・ローダンは無間隔移動で惑星アルキストの商館におもむいた。

前庭は地獄のようなありさまだった。

周囲の建物は倒壊し、多足の動物がかれの横を通りすぎて逃げていく。もつれたたてがみのある巨体がつっこんできて、ローダンを地面に押し倒した。あたりには鈍い咆哮《ほうこう》が満ちている。低く垂れこめた雲から雷がひらめき、強風が雨粒をヘルメットのバイザーにたたきつけた。

ローダンは横ざまに転がった。ゾウほどもある動物が突進してくるのが見えたのだ。間一髪だった。次の瞬間には、かれが寸前までいた場所を、その動物が踏みつけていった。

すこし離れたあたりの空中にどこからともなく不定形の塊りが出現し、耳を聾《ろう》する騒音を響かせた。その塊りが駐機場にならんだグライダーにのしかかる。ローダンははねおきて、壁にぴったりはりついた。どっちに逃げればいいのかわからない。一瞬、目の前を通りすぎる動物たちについていこうかと思ったが、前方で雲のなかから降ってくる土石に埋もれているのが見えた。反対方向に駆けだしたものの、そちらも安全ではない。

大きな破裂音に空を見あげると、ぼんやりした光のなかに、いくつもの岩の塊りが見えた。前方に跳躍し、一軒の家の残骸のなかに飛びこむ。地面に伏せたとたん、背後に土石が降ってきた。地面が震え、ローダンは数センチメートルほどはねあげられた。

急いであたりを見まわす。どっちに逃げるべきか。アルキストに安全な場所などなさそうに思えた。

＊

イホ・トロトは不思議に思った。異質な力が、徐々にかんたんにはねのけられるようになっていく。まるで、こちらに対する興味を失ったかのように。

ハルト人はツナミ艦が目的地に接近しているのを感じ、かくれ場からぬけだした。エンジン音の変化は耳慣れたものだ。宇宙船が通常航行で星系に進入するときの音だとわかる。

同時に、まるで大気の渦につっこんだかのように、船体が震動した。この現象の原因はトロトにもわからない。巨大な力が艦をつかんで揺すっているようだ。エネルギー嵐にでも遭遇したのか？　どうして、そんななかにつっこんだ？　なぜ、すぐさま脱出しようとしない？

かくれ場の外の通廊にだれもいないことを確認し、映像装置の前に急ぐ。いままでそれを使って、できるかぎり情報を得てきていた。

ツナミ艦は雲におおわれた惑星に接近していた。艦の目の前にグレイの物体が出現し、すぐに見えなくなる。さらにいくつか、不明確な影がうつった。岩のように見える。宇宙船はそれをかすめるように飛びつづけていて、見定めることはできなかった。

なにかが防御バリアに触れ、艦が大きく揺れた。

トロトにとって、はじめての体験だ。

ただ、宇宙船が目的の惑星に到着したのは疑いなかった。このあと自分がどうなるのかはわからない。

協力者が必要だ。〝デポ〟のことがふたたび頭を占めると、かれはそう思った。だれかの手助けがないと、問題を解決できないだろう。地球で起きたことが、もっと凄惨なかたちでくりかえされることになる。

テラニア・シティの美術展で起きたことを思いだし、身震いする。狂乱した結果、このうえなく貴重な芸術作品を破壊し、正当防衛とはいえ人間まで殺してしまった。そのあと追いたてられたが逃走し、ツナミ艦に身をかくしたのだ。すべて〝デポ〟に到達するためだった。それがどこにあるのか、なんなのかさえわからないのに。

トロトは未知の力にいいように利用されていた。ただ、この力もかれを思惑どおり、完全に支配下におくことはできていない。計画脳のおかげで、短時間なら独立をたもつことができるのだ。

ハルト人は《ツナミ36》の目的地の惑星上で艦からぬけだし、協力者を探すことにした。

艦の司令室で協力者を探すことは断念していた。未知の力が不都合なときに介入してくるのを恐れたから。そうなれば抵抗することになり、司令室で暴れまわって、回復不能な損傷をあたえてしまうかもしれない。

トロトはかくれ場にもどり、機会を待った。

＊

マルレット・ベルガは嫌悪と憎しみをこめて、ブロンドのアニー・ヴォルシェインを見つめた。アニーはまるでこの家にいる権利があるかのように、テーブルの反対側にすわっている。

テーブルの上のランプの光は乏しい。雨粒がバンガローの窓をたたき、アルキストでは頻発する雷をともなった嵐が、屋根の上を通過していく。庭で貨物グライダーのハッチがばたんと音をたてた。ルイス・ベルガが食べおえた食器を押しやり、立ちあがる。

「グライダーのハッチを閉めてくる。壊れるといけないから」

「こんな天気のとき、外に出ないほうがいいわ」マルレットが反対した。細身の女性で、長い黒髪を結《ゆ》わずに垂らしている。黒い目にはとほうにくれた表情とともに、夫に対する怒りがあった。顔だちはととのって美しいが、わずかに性格のきつさがあらわれている。

男はなにも答えず、妻の声が聞こえなかったかのように行動した。マルレットは向いにすわった若い女が慇懃無礼《いんぎんぶれい》な笑みを浮かべるのを見て、蒼白になった。この女が夫の愛人であることはわかっている。相手が自分を追いだしたがっていることも。

「さっさとどこかに消えなさいよ」ふたりきりになると、マルレットはアニーにいった。

「あなたはお呼びじゃないのよ」

ブロンドの女はかぶりを振った。マルレットよりやや大柄で、美貌では劣るが印象的な顔だちからは、頑固な性格がうかがえる。カールした髪が、細い鼻梁《びりょう》と豊かな唇の目だつ、すこし幅広の顔をとりまいていた。青い目はやや左右にはなれているが、巧みな化粧でカバーしている。

「なにもわかっていないのね」と、アニーがいった。「どうしてルイスにくっついてるの？　もうとっくに飽きられているのに」

「そんなことないわ」

「自分に正直になれば、わかるはずよ」

「お黙りなさい」マルレットは涙ぐみそうになった。

「あなたは怠け者なのよ。ルイスにしがみついてるのは、自分を変えるのが面倒だし、ほかの男を見つける自信がないからだわ。自分に魅力がないんじゃないかって、不安なのね」

「その口を閉じなさい」と、マルレット。「あなたにはもううんざり。出ていって」

アニーは平然と席を立った。あまりにもみじめなマルレットに同情さえ感じている。ルイスはあすにでも結婚契約を解除し、財産分与して別れるつもりでいるのに。

「消えて。出ていって」マルレットが叫ぶ。「顔も見たくないわ」

そのとき、空気中に湿った轟音《ごうおん》が響き、地面が震えた。

女ふたりはとまどって、顔を見あわせた。いさかいのことは、もう忘れていた。

ここ数日のニュースを思いだしたのだ。大量の土塊がどこからともなくあらわれてアルキストに降りそそぎ、商館に大損害をあたえたという。数千人の負傷者のほか、死者も出たとマスコミは報じていた。だが、マルレットが夫と住んでいるバンガローは、商館から百キロメートル以上はなれている。不穏なものなど見かけたこともなかった。

アニーは窓辺に駆けより、外をのぞいた。

厚い雲が空をおおっているというのに、光が見えた。雲よりも高いアルキストの大気圏で光っているようだ。稲光ではない。赤い光もあれば、黄色やグリーンもある。まるで、光るボールがいくつも上空を飛びかっているかのようだ。

アニーはドアに走りより、急いで開けた。

「ルイス、なかにはいって。早く！」と、叫ぶ。

マルレットの夫は貨物グライダーのそばに立ち、後部ハッチを閉めようとしていた。どうやらハッチがゆがんでしまったらしく、全身の力をこめて、なんとか閉めようと苦労している。雨がそのからだにたたきつけ、ずぶ濡れになっていた。

「ハッチなんかいいから、早くなかに」と、アニー。

耳を聾する雷鳴のような音が空気を震わせ、つづけざまに雷が光った。ルイスがアニーのほうに向きなおり、家に駆けこもうとする。だが、いきなり雲のなかから土石が降ってきて、その姿をのみこんだ。

アニーは薄暗いなかに駆けだしたが、三歩進んだところで岩の塊りに阻《はば》まれた。まるで壁のように、目の前に立ちふさがっている。

ルイスがその下敷きになっているのがわかった。もうだれにも助けられない。彼女は麻痺したように、どこからともなく降ってきた巨岩の前に立ちつくした。雨でずぶ濡れになっていることさえ気にならない。

そのとき、マルレットの悲鳴が聞こえた。

踵《きびす》を返して、家のなかにもどる。

マルレットが目を大きく見開いてアニーを見ていた。

「あの人、死んだわ」アニーはそういったが、相手は理解できないようだ。

地震のようにはげしく地面が揺れた。筋交《すじか》いが破断する音が聞こえ、すさまじい勢いで土石が建物に衝突した。バンガローの一部が壊れる。

「逃げないと」アニーが決然といった。「ここにいたら、わたしたちもやられるわ」

マルレットの手をつかみ、外に連れだす。顔に雨を感じたとき、べつのグライダーを格納していたバンガローの一部が、家ほどもある岩に押しつぶされているのが見えた。アニーが乗ってきたマシンは、岩の下にわずかに散らばるプラスティック片しかのこっていなかった。

「歩くしかないわね」と、アニー。

「無理よ」マルレットが反論する。「とても進めないわ」

五メートルとはなれていないところに岩がいくつか落下し、柔らかい地面にめりこんで、ほぼ完全に見えなくなった。あとにはちいさなクレーターができる。マルレットは、もう家にとどまれないことを実感した。ここにいたのでは、わずかなチャンスさえない。心のどこかで、アニー・ヴォルシェインが自分のかわりに決断したのをよろこんでもいた。自分だけでは、逃げる決意はかためられなかっただろう。

「待って、持っていきたいものがあるの。それにこのまま逃げだしても、エネルギー・フェンスを切らないと、その先には行けないわ」

アニーは反論せず、マルレットは家のなかにだいじなものをとりにいった。数秒でもどってきた彼女は、小型のニードル銃を手にしていた。エネルギー・フェンスは切ってきたものの、家から出るのがまた不安になったらしく、

「一、二キロもはなれれば、だいじょうぶでしょう？」と、泣き言のようにいう。夫を奪おうとした女のうしろに立った。その女も、いまは同じく男を奪われてしまったが。

アニーは答えず、走りだした。マルレットのことは、この瞬間、まったくどうでもよかった。あるのは恐怖だけだ。背後からはさらに土石が落下する音が響いてくる。

動物もいっしょになって逃げていた。アルキストではじめて見る種類もいる。

足をとめたのは、うしろから爆発音が聞こえたときだった。

「あなたの家のほうだわ、マルレット。もう帰れる場所はなくなったということ」

マルレットはアニーを見た。この不幸はすべて、この女ひとりの責任だとでもいいたげに。

ローダンは困惑して周囲を見まわした。どっちに向かえばいいのかわからない。個体バリアがある程度のものは防いでくれるが、何トンもの土石の下敷きになって生き埋めにされたら、手も足も出せないだろう。

＊

テレカムを作動させた。

「こちらローダン。アルガー・スターバル、応答せよ」

まるで待っていたかのように、ただちに応答があった。

「いまどこです、ペリー？」

「残念ながら、よくわからない。ふたつの廃墟のあいだにいる。ここからは一宇宙船の残骸が見える。六本脚の小型ロボットがぞろぞろ通りすぎていく。無傷でのこったものを破壊しているようだ」

「それでは見当がつきませんね。しばらく現状を維持できるようなら、そうしてください。こっちも手いっぱいで、いまは動けそうにないんです」

「わかった。こちらはだいじょうぶだ。あとで合流する。どこに行けばいい？」

「宇宙港の北に急傾斜のピラミッド形建物があります」

「ああ、見えている」

「そこに臨時の司令センターを設置しました。本来の商館本部は破壊されてしまったので」

「そこに向かう」

ローダンは防護服の外側マイクロフォンのスイッチをいれ、周囲に満ちる轟音にたじろいだ。人々の断末魔の悲鳴らしいものも聞こえ、スイッチを切りたくなる。声は廃墟のなかから聞こえていた。

六脚ロボットの大群が廃墟に群がり、乗りこえられない壁の前で押しあいへしあいしている。

そのロボットの群れのなかに女の姿が見え、すぐにまた見えなくなった。一瞬の稲光が姿を照らしだしたのだ。

ローダンはコンビ銃を分子破壊にセットし、瓦礫《がれき》を乗りこえてロボットの群れに近づいた。至近距離からマシンに向けて発砲。グリーンのビームが樽形ロボットの複雑な内部機構を破壊した。ロボットが次々と倒れていく。

だが、マシンの援軍はいくらでも押しよせ、ローダンはそれを近づけないため、撃ちつづけなくてはならなかった。ロボットにかこまれていた入植者たちは、助けがきたことに気づいたようだ。廃墟のなかから道を切り開き、素手でロボットを押しのけている。

ローダンはかれらに近づき、じゃまになるロボットをかたづけた。

「だれだか知りませんが、助かりました」廃墟の穴のなかから四つん這いで出てきた、髭面《ひげづら》の男がいった。「あなたがきてくれなければ、全員おしまいでした。感謝します。わたしはアンドルーです」

「感謝にはおよばない。わたしはペリーだ」

髭面の男はローダンだとは気づかない。短時間に息をととのえるだけで精いっぱいらしかった。次の攻撃が迫ってきて、ローダンがロボットを撃ちはじめると、近くにいた女と男三人も、いっしょに石を投げはじめた。

「むだだ」と、ローダン。「武器が一挺《ちょう》ではどうにもならない。行くぞ。逃げるんだ」

入植者たちはその言葉を待っていたかのように向きを変え、スターバルがローダンに告げたピラミッドのほうに駆けだした。ローダンはかれらのあとにつづき、追ってこようとするロボットを撃ち倒した。マシンの目的がなんなのか、どうもよくわからない。

「どうしてロボットが攻撃してきたんだ？」ローダンは女にたずねた。

「わかりません。すこし前に男の人をひとり、連れていきました」

ロボットの攻撃はまったく無意味に思えた。アルキストに生じたカオス全体がそうだ。稲光に照らされて、雲のなかから土石が落下してくるのが見える。土石は、すでに岩の直撃をうけて擱座《かくざ》している宇宙船三隻の上に降りそそいだ。

「これだけの土石が、どこから？」と、男のひとりがつぶやく。「これは攻撃なんでしょうか？　だれからの？　わたしたちがなにをしたと？　交易していただけなのに」

「わたしにも説明できない」ローダンはそういったが、実際にはわかっていた。

セト＝アポフィスによる攻撃であることは疑いない。ただ、超越知性体によるこの行為は、目的がまったくわからなかった。

それだけに危険なのだ、と、ローダンは思った。地球が同じように攻撃されたら、大変なことになる。

アルキストは人口の希薄な、比較的重要性の低い惑星だ。住民にとっては大災害だろうが、銀河系全体から見れば、ちいさなことにすぎない。とはいえ、こんなことがどうして起きたのかは、早急に明らかにする必要があった。コンピュータ悪性セルとの闘いは処理できたが、どこからともなく出現する大質量物体には、対抗手段がなさそうに思える。

髭面の男が一軒の家の残骸にのこっていた壁の前まで進出し、いきなり向きを変えて、しんがりにいるローダンのところまで逃げもどってきた。

きらめく鎧《よろい》に身をつつんだ、多くの腕を持つ一生命体が壁の近くに出現し、輝く武器をかざしていた。グループ唯一の女に襲いかかろうとする。女は石につまずいて転び、剣による必殺の一撃は空を切った。

ローダンはコンビ銃を麻痺にセットし、多数の腕を持つ生命体に向けて発射した。だが、相手は地面に倒れるのではなく、色が変化しただけだった。輝く鎧が赤く染まり、まるで内側から出血しているかのようだ。

異人が雄叫《おたけ》びをあげて突進してくる。ローダンは急いで武器を熱線に切りかえようとした。

2

マルレット・ベルガはぼんやりした憎しみをかかえたまま、アニー・ヴォルシェインのあとをついていった。薄いブルーの朝日が地平線からさしてくる。主星が見えるのはめずらしかった。アルキストはたいてい、厚い雲におおわれているから。

マルレットは寒さに震えていた。着ているのは薄手の長ズボンとブラウスだけだ。アルキストは温暖な惑星で、平均気温は二十九度をこえるから、ふだんはこれで充分なのだが。アニーはじっと黙りこみ、マルレットの声が聞こえないふりをしている。

ふたりは夜のあいだにかなりの距離をこなし、ルイス・ベルガが死んだ家からずいぶんはなれていた。マルレットはその家に、自分の人生の一部を置き去りにしてきたように感じた。アニーは彼女自身よりも早くそれを感じとったらしく、途中ときどき足をとめて振りかえった。

「ちゃんとついてきて」アニーがいらだたしげにいう。「置いていくわよ」

そこは長い林道の途中の、盛りあがった丘の上だった。右も左も、見るからに踏破不能のジャングルで、ときどき恐ろしげな野生動物の声が聞こえてきた。あらゆる方向に危険がひそんでいることは、ふたりともわかっている。多くの惑星と同じように、アルキストでも文明区画と野生区画は明確に分かれていた。マルレットは敷地をかこむエネルギー・フェンスのすぐ外に野生動物が出没するのを何度も見かけた。彼女は一度も野生区画にはいったことがない。出歩くのはフェンス内側の百メートル四方ほどだけで、商館や、ひろい地域に点在する友たちの家を訪ねるときは、グライダーを使った。商館で仕事をしている夫が同行することはめったになかったのだ。夫はいまの家を手ばなして都市に住もうと何度もいったが、マルレットは同意しなかった。いまとなっては、それが間違いだったとわかる。

それでも、アニーが無節操にルイスに色目を使ったりしなければ、結婚生活がこんな苦々しいものになることはなかったはず。

もちろん、アニーのほうからいいよったにきまっている。

「なにか聞こえたわ」と、マルレット。「獣がつけてきているみたい」

「商館まではまだ遠いから、夜は高原ですごしたいわね」アニーが冷静にいう。「あと二十キロメートルくらいあるわ。ジャングルで一夜をすごしたら、朝まで生きのびられない。ついてこられないなら、ひとりでなんとかするのね」

マルレットは震えあがった。相手が本気なのはわかっている。

無言でアニーを追いこし、丘をくだる。

「気にかけてもらえたことをよろこぶのね」アニーが憤然としていう。「ほかの人だったら、さっさと置いていったはずよ」

マルレットは返事をしなかった。夫を奪おうとした女と話しあうつもりはない。

アニーはたしかな足どりであとを追ってきた。歩き慣れない地面を歩いていることも、気にはならないようだ。湿気の多さも苦にしていない。汗さえかいていないように見えた。膝上の短いスカートをはき、ブラウスの上から薄手の上着を着て、前を開けている。マルレットはそのスカートが下品だと感じた。ほかの惑星、たとえばアルコンや遠くはなれた地球では、ファッションもおおらかだということは知っている。だが、マルレットは女が肉体的魅力を前面に押しだすのは、はしたないと思っていた。アニーはそれをやっている。

どこか遠くで奇妙な轟音が聞こえ、地平線にグリーンや赤の光が踊った。

「商館のほうだわ」と、マルレット。

アニーは答えない。百キロメートルほどはなれているというのに、地面が揺れるのを感じた。商館にも巨大な岩が落下したのだろう。それでも彼女は動揺しなかった。商館に危険があるとしても、ジャングルよりはましなはずだ。

大きな咆哮をあげながら、直立歩行のアルキスト鷹がジャングルの藪から飛びだしてきた。この猛禽《もうきん》は体高二メートルほど、痕跡的な短い翼に鋭い鉤爪があり、とがった嘴《くちばし》はそれ以上に脅威だ。ふたりは棒だちになった。相手が気づかずに通りすぎることを願ったが、次の瞬間には、自分たちが獲物として標的になっていることがはっきりした。猛禽は大股でふたりに駆けよりながら、ブルーの翼をひろげ、頭を威嚇的《いかくてき》に振りあげた。

「撃って!」と、アニー。「どうして撃たないの?」

マルレットはポケットの小型ニードル銃を手探りし、とりだして撃とうとしたが、銃は作動しない。

「安全装置をはずすのよ!」武器を持たないアニーは叫んで、逃げだした。

マルレットは安全装置のレバーを動かそうとしたが、気が動転していてうまくいかない。猛禽が彼女に襲いかかった。ナイフのような嘴で、必殺の一撃をくりだす。マルレットはその前に、身動きもできずに立ちつくした。

ジャングルのはずれに閃光が生じた。

熱線がマルレットのわきをかすめ、猛禽の頭部に命中。飛べない鳥は声もなく地面に倒れた。マルレットはそばの草の上にへたりこむ。震える手から銃が落ちた。

木の下から派手な服装の男があらわれた。驚くほど大柄で、毛皮の帽子をかぶり、太《ふと》股《もも》まである革の上着を身につけ、蛇革のベルトを締め、革のスカートをはいている。やはり蛇革のブーツは膝の上まであった。左右のふくらはぎにナイフ二本とブラスター一挺をベルトでとめている。男がもたれている熱線ライフルには、標的をくっきりと正確にとらえることができる、長い照準器が装備されていた。

アニーは逃げるのをやめ、ゆっくりと振りかえった。

「ありがとう」と、簡潔に礼をいう。マルレットからも男からも十メートルくらいははなれたまま、木のそばに立ち、太い枝に両手をあずけてすこし休んだ。

「ごめんなさい」と、マルレット。「武器の使い方が、急にわからなくなってしまったの」

彼女はアニーにニードル銃を手わたした。手ばなすことができて、ほっとしているようだ。

「トム・バレットだ」狩猟者が自己紹介した。「ずっとこの上等な獲物を追っていた。もうすこし違ったかたちでしとめる予定だったのだが」

「頸の臭腺が目的だったのね」マルレットが熱をこめていう。バレットのことが気にいったのだ。自分を守って、商館まで連れていってくれるかもしれない。アニーには目もくれず、こちらだけを見ているところもいい。「香水の原料になるから。でも、それなら寝こみを襲って、ナイフで殺さなくちゃだめよ。ショックをあたえないようにしないと」

「おお、くわしいようだな」バレットが賞讃するようにいう。

マルレットは自分とアニーのことを紹介し、家を破壊されて、いっしょに逃げているのだと話した。

「この人の夫は、そのとき亡《な》くなったの」アニーが冷静に説明する。「忘れてるみたいだけど」

マルレットは赤くなった。アニーのいうとおりだと気づいたのだ。ルイスのことはすっかり忘れていた。夫の死にも心が動かない。それでも、アニーの言葉を認める気にはなれなかった。

「商館に行かなくちゃならないの」と、ライヴァルの言葉が聞こえなかったかのようにいう。「わたしたちだけじゃ無理だわ。連れていってくれない？」

「そうするしかなさそうだな」狩猟者はウィンクした。「こんな美女ふたりを、ジャングルに置き去りにするわけにはいかない」

アニーが低いうめき声をあげた。狩猟者とマルレットが驚いて振りかえる。その先に、彼女をおびえさせた原因が見えた。

五十メートルほどはなれた林道に、奇妙な生物が二体、立っていた。ちいさいほうはヒューマノイドで、両手で本を一冊持っている。もう一体は身長が四メートルほどもあり、ブルーの球状胴体から、長さ二メートルほどの触手が二本のびていた。触手はそれそれ、曲刀と大きな斧をつかんでいる。頭部も球形で、三日月形の角が後方にのび、その先端は針のように鋭かった。ふたつの目は縦長の楕円で、その中央に細長い瞳孔《どうこう》がある。そのため目を閉じているような印象だが、実際にはそうではなかった。同時に、とても傲慢そうな印象もあった。

二本の脚はその巨体を支えるには細すぎるように見えた。太股は斧の柄くらいの太さしかない。ただ、膝から下は太く、まるでズボンがずりおちているように見える。

その横のヒューマノイドは身長一メートルほど、立方体の頭部に正方形のふたつの目、よく見えない口、尖った鼻と尖った耳を持ち、うなじからは身長の半分ほどもある翼が生えていた。輝くような赤毛が頭部をおおい、それが深いグリーンの羽根と好対照をなしていた。

ブルーの巨体が轟《とどろ》くような声でなにかいい、小柄な仲間がそれに答える。その声は明るく甲高《かんだか》かった。

「ここの生物じゃないな」トム・バレットが驚いた顔で断言した。

大きいほうがわずかにのびあがった。球形の頭部が胴体からややはなれて、細い頸が見えた。瞳孔がすこし開く。曲刀と斧をつかんだ触手二本が振りあげられた。

「気をつけて」と、アニー。「襲ってくるわよ」

「それは考えなおしたほうがいい」狩猟者は平然とした顔で、熱線ライフルを異人の巨体に向けた。

相手は咆哮をはなち、三人に向かって突進してきた。曲刀と斧を交互に振りあげ、まるで敵の大群のなかに切りこんでいくかのようだ。ヒューマノイドのほうはそのあとを追いながら、甲高い声でなにか叫んでいた。

トムが発砲。

熱線が異人のまるい胴体に命中した。だが、目に見える変化はなにも起きない。熱線が胴体に吸いこまれ、消えてしまったように見えた。撃たれて倒れると思った相手が、なにごともなかったかのように、そのまま突進してくる。

再度トムが発砲。異人は狩猟者の足もとに斧を振りおろし、触手をすばやく動かして、かれを空中に跳ねとばした。マルレットも斧の側面で尻を一撃され、吹っとんで地面に倒れる。アニーはよけようとしたが蹴りとばされ、ジャングルのなかの、棘《とげ》だらけの灌《かん》木《ぼく》の藪につっこんだ。

異人は咆哮しながら突進をつづけ、斧と曲刀で藪や木々を切りはらって進んでいった。

狩猟者は草のなかから顔をあげ、木の幹が一刀のもとに切断されるのを見た。

小柄なヒューマノイドは巨体のうしろで、なにかしきりに身振りをしている。ついていくのに苦労しているようだ。

狩猟者は足をひきずりながら、女ふたりのようすを見にいった。マルレットは地面に倒れて意識を失っている。アニーは灌木の藪からぬけだそうと苦戦していた。腕と脚に深い切り傷を負っていたが、その痛みを顔に出す気はないらしい。

「あんなに乱暴じゃなかったら、あの姿を見て笑いだしてたわ」

「たしかに見た目は笑えるな」狩猟者はそういいながら、慎重にアニーを藪のなかから救出した。「だが、実際は笑うどころじゃない。あの怪力はハルト人さえ圧倒するだろう。命があっただけでもよろこぶべきだな」

＊

多数の腕を持つ相手がペリー・ローダンの前に立ちふさがった。ローダンは間一髪でコンビ銃を熱線に切りかえ、発砲。まぶしい光条が銃口からほとばしり、頑丈な敵が地面に倒れる。

「どうやらやっつけたらしい」髭面の入植者が低い声でいい、額の汗を手でぬぐった。

「まさに地獄ですな」

「行くぞ」と、ローダン。「足をとめるな。すこしでも早くピラミッドに到着しないと」

かれが指揮をとったらカオスを切りぬけられる、と、入植者たちはよろこんだ。

ローダンは先頭に立ち、襲ってきそうな相手を排除するため、さらに何度か武器を使用した。

あたりが徐々にしずかになっていく。雲のなかから降ってくる土石もだんだん減ってきた。のこる危険はロボットと猛獣だけだ。ローダンは入植者をひきいて瓦礫のあいだをぬけ、どうやらなにごともなくピラミッドに到達することができた。臨時司令センターに迎えいれられたとき、入植者はだれもが疲労困憊《ひろうこんぱい》していた。

そこにアルガー・スターバルが近づいてきた。

「手助けできなくてすみません、ペリー。ここも大忙しでして」

スターバルは商館チーフである。おちつきがあって思慮深い、三十二歳の男だ。背はローダンよりも高く、アルコン人の父親からうけついだ赤い目を持ち、きわめて有能と評価されている。

商館チーフは入植者を数人の協力者に託し、当面必要な物資の配給を手配すると、ローダンとふたりで小会議室にはいった。テーブルひとつと椅子三脚のほか、スクリーンがいくつかならんでいる。画面には商館のまだ機能している部署がうつっていた。

そろって腰をおろすと、スターバルは探るようにローダンを見た。

「いったいどうなっているのか、説明していただけるとありがたいのですが」

「やってみよう」と、ローダン。「ここからそう遠くないM‐13の宙域で一構造物が発見され、時間転轍機《てんてつき》と命名された。一連の出来ごとから推測して、この惑星にどこからともなく降りそそいだ大量の土石は、時間転輸機の力で転送されてきたものと考えられる。いまは転輸機の破壊を試みているが、まだ成功していない」

「アルキストの出来ごとが、その時間転輸機によるものだと、どうしてわかります？それと、どうしてこういう名称になったんですか？」

「長い話になる。時間転輸機は土石や瓦礫だけでなく、動物やロボット、さらには知性体までこの空間に送りこんできた。その種族と接触し、多少の情報を得ることができた。すくなくとも、事象の一部ははっきりしたと思う。これがセト＝アポフィスの攻撃と関連していることは明らかだ」

「セト＝アポフィス？　何者です？　聞いたことがありません」

「そうだろうな」ローダンはちらりと笑みを見せた。「〝それ〟がべつの超越知性体と対立しているのだ……セト＝アポフィスという名の。宇宙ハンザを創設したのも、本来、この対立のためだった。敵の工作員は、〝それ〟の力の集合体のあちこちにひそんでいる。ただ問題なのは、工作員本人が自分の役割に気づいていないことだ。セト＝アポフィスに活性化されてはじめて、工作員はわれわれに敵対する超越知性体のために働きはじめる」

「自分ではわからないのですか？」

「そうだ」

「だったら、たとえばわたしが敵の工作員で、ある日いきなり目ざめて、破壊工作を開始するかもしれないということですか？」

「その可能性もある」

スターバルは探るようにローダンを見た。本気でいっているという確信が持てないのだ。いまの話はまったくありえないことに思えた。だが、ローダンがそんな冗談をいうことも、やはり考えられない。商館チーフの顔に狼狽《ろうばい》がひろがった。立ちあがり、部屋のなかを行ったりきたりしはじめる。

しばらくして、スターバルは急に足をとめ、射ぬくような目でローダンを見つめた。

「あなたがここにきたのは、わたしがセト＝アポフィスの工作員になったか、そうなりかけていると思ったからですか？」

ローダンはなだめるように首を横に振った。

「そうではない。まったく違う。きみにこの問題を知っておいてもらいたいのだ。工作員を見つけだし、セト＝アポフィスの影響から解放してやらなくてはならない。それは宇宙ハンザのもっとも重要な使命のひとつだ」

「とりあえず、わかりました」スターバルはふたたび腰をおろした。すこしほっとしたようだ。

「けっこう。セト＝アポフィスは絶望的状況に追いこまれていて、この超越知性体を殲《せん》滅《めっ》する意図は〝それ〟にはない。むしろ〝それ〟は、可能であれば、セト＝アポフィスを終焉から救いたいと思っている」

「終焉ですか？　どんな終焉です？」

「宇宙の生命体はすべて進化する。進化は宇宙の法則なのだ。人類はいま、発展の階梯《かいてい》において、七種族の公会議がいたのとほぼ同じところにいる。人類にとって進化の次の一歩は、超越知性体になることだ。認められればの話だが。ただ、それにはまだ、長い長い時間がかかる。

ポジティヴな進化の対極には、ネガティヴな進化が存在する。超越知性体の力の集合体がネガティヴな進化を遂げると、物質の窪地になる。超越知性体はそのなかに崩落し、永遠に失われる。セト＝アポフィスはそうなりかけていて、そんな終焉を避けるため、〝それ〟の力を奪おうとしている。自分を安定させるためには、それしか方法がないのだ」

「ふむ、ネガティヴな進化の果てが物質の窪地なら、ポジティヴな進化を遂げた超越知性体の力の集合体は、物質の泉になるわけですか？」

「そのとおりだ」と、ローダン。「〝それ〟の目的もそこにあり、そのために安定性を高めようと努力している。〝それ〟がとくに重視しているのは、セト＝アポフィスとのあいだに緩衝ゾーンを設け、攻撃をできるだけ回避することだ」

「わたしの理解が正しいとすると、時間転輸機はセト＝アポフィスの武器で、敵はそれを使って生命体や無機物を送りこみ、われわれを殲滅しようとしているのですか」

「その理解であっている。時間転輸機の性質から考えると、物質は時間をこえて、たぶん未来から送りこまれている。そのことはすぐに証明できるはずだ」

スターバルは驚いて目をしばたたいた。

「時間をこえて？　なるほど、だから物質はそのままここにとどまらず、消えてしまうのですね」

「それはこれから調査する」と、ローダン。「送りこまれた物質の時代が特定できれば、答えは明らかになるだろう」

「その調査に人員を割《さ》けるとは思えませんが」

「それはしかたがないな」

「われわれ、アルキストの住人をできるだけ早く惑星外に避難させることにしました。この惑星は放棄します」

「そうなると、商館は損失を出すことになるぞ」

「ええ。ですが、空から土石が落下してくるのをなんとかしないかぎり、惑星をはなれないと死者が増えるばかりです。とても責任を負いきれません」

ローダンはうなずいた。スターバルが正しいと認めざるをえない。

「いいだろう。もっと情報を集めて、またもどってくればいい。アルキストの住人は退避させる。攻撃をうけているほかの商館惑星も同じく」

ローダンはアルクス星系以外で起きていることを話して聞かせた。

スターバルは退避の準備を開始した。ただ、それで住人の安全が確保できるわけではない。アルクス星系を航行すること自体が危険なのだ。宇宙空間にも物質は出現している。それでも惑星上より危険はちいさかった。攻撃は惑星に集中していたから。

3

マルレット・ベルガにとって、トム・バレットにしたがうのは当然のことだった。

アニー・ヴォルシェインにとっては、そうではない。

「南にあるわたしの小屋に向かおう。そのあたりは、まだなにも起きていないから。そこで二、三日待機して、そのあとグライダーで商館に向かう」狩猟者がそういったとき、アニーは微笑しただけだった。

トムが向きを変え、マルレットがそのあとを追おうとしても、アニーは胸の前で両腕を組んで動かなかった。

「どうした？」と、トムが不思議そうにたずねる。

「南には行かないわ」と、アニー。「いままでどおり、北西に向かう」

「でも、トムは南に行くって……」マルレットはそういいかけたが、アニーのしずかな、見くだすような笑みに気づいて口を閉じた。困ったように狩猟者に顔を向ける。

「トムが自分の小屋に行くといっても、わたしたちまで同じ行動をとる必要はないのよ」アニーが自信たっぷりにいう。「あなたはほほえみかけてくれる男ならだれのあとでもついていくかもしれないけど、わたしはそうじゃないの。このまま商館に向かうわ」

マルレットは赤面した。アニーの言葉がこたえたのだ。トムの提案に全面的に賛成だというより、アニーが指摘したとおり、かれが男で、このあたりにくわしいから、したがおうとしただけだ。

マルレットの目が怒りに燃えあがった。

「この人なしで、どうするっていうの？」と、アニーを詰問。「トムにその気がないんだから、あなたひとりで商館まで行くしかないわよ。どこまで行けるかしらね」

「目的地までよ。トムもいっしょに。早くして。もうずいぶん時間をむだにしてる」

マルレットは驚いた。トムが、しかたないといいたげに、商館のある方角に歩きだしたのだ。アニーはまた笑みを浮かべ、いっしょに歩を進めた。マルレットも急ぎ足でそのあとにしたがう。トムの決断をうけいれたものの、かれがなにを考えているのかはわからない。

「またあの怪物に出会ったらどうするの？」トムに追いついて、そうたずねる。

「また出くわすとは思えないな」と、狩猟者。「あいつらは商館のほうに突進していって、もう姿も見えない」

「そう願いたいわね」アニーがため息をつく。

すこし進むと、峡谷の崖の上に出た。

「この峡谷を横断しないと、高原には出られない」トムが説明する。「いったんおりて、反対側の崖をまた登ることになる。ほかに道はない。ここからは注意が必要だ。峡谷には動物がたくさんいて、なかには不愉快なやつもいるから」

狩猟者はマルレットにナイフを手わたした。

「ブラスターのほうがいいわ」

「ブラスターはわたしが使う。ちゃんと見ているから、心配はいらない」

トムはマルレットの肩に手をまわし、ひきよせた。彼女は感謝の目を向ける。そうされると安心だった。少年のようなトムの微笑はすがすがしく、この先に待ちうけているものを忘れさせてくれた。

峡谷の底におりる道は岩がちで、いりくんでいた。木々や藪が密に繁茂し、すぐ目の前にあるものさえ、よく見えないくらいだ。

百メートルほどくだったところで、動物の死骸を見つけた。頭部にはたくさんの角が生え、たくましい上半身が見える。

「危険な猛獣だ」トムが驚いたようにいう。「これを狩るときはグライダーしか使わない狩猟者もいるくらいだ」

猛獣はわき腹に深い傷があり、それが死因になったらしい。

「なにと戦ったのかしら？」と、アニー。

狩猟者は首を左右に振った。

「わからん」

「あのまるいからだの、角があるやつにやられたんじゃない？」

「ほかにこんなことができるものは、いないかもしれないな」

死骸には無数の虫がたかっていた。暑さと湿気のせいで、腐敗は早い。トムが足をとめて死骸をくわしく調べようとしなかったのは、女ふたりにとってはさいわいだった。

「やっぱりあの異人のあとにつづいたりしないで、小屋に向かったほうがよかったのよ」しばらくして、マルレットがいった。

まるでアルキストの自然がその声を聞いたかのように、不気味な咆哮が峡谷に響いた。咆哮が岩壁に反響し、何重にもこだまをつくりだす。

「あれはなに？」アニーが驚いてたずねた。

「ゼイフ蛇だ」狩猟者は蒼白になっていた。「おかしい。もっとずっと南にしかいないはずなのに」

「危険なの？」と、マルレット。

「とてつもなく。一度出くわしたことがあるが、二度と出会わずにすむよう願ったものだ」

空気中に虫の羽音が満ちた。鳥が数羽、音もなく崖の上に逃げていく。

「行きましょう」アニーがいった。「ここでぐずぐずしてても意味ないわ。峡谷を横断しないと。蛇が敵と戦って苦戦してるあいだに、うまく通りぬけられるかもしれない」

「そんな敵は、この大陸にはいない」狩猟者が指摘する。

「その蛇だって、このあたりにはいないはずだったでしょ」アニーが冷静に反論。恐怖は感じていないようだ。手にマルレットのニードル銃を握って、狩猟者の背後に堂々と立っている。

トムは手を大きく動かし、ふたりに自分から距離をとるよう指示した。警告するように、ひとさし指を唇にあてる。

そのまま音もなく前進。

二十メートルほど進んだとき、ふたたびゼイフ蛇の咆哮が轟いた。地響きとうなり声が聞こえ、強い敵と戦っているらしいのがわかる。

トムは巨岩をまわりこんで、その場に棒だちになった。女ふたりもなにごとかと近づいていく。

木々のまばらな空き地で、体長二十メートルほどの褐色の蛇と、あの球状胴体の異人がとっくみあっていた。蛇は牙《きば》を相手の頭部につきたてようとするが、そのたびに触手に押しもどされている。

高さ二メートルほどの岩のそばにヒューマノイドの同行者が立ち、両手で本を持ってなにか書きこんでいた。

巨体のほうはしきりになにか話している。話し声はしずかで、蛇の脅威など感じていないかのようだ。実際、蛇に勝ち目があるようには見えなかった。まるい胴体に巻きついて、毒牙が何度か頭にとどいているらしいのに。

「なんといってるの？」マルレットがそういって、アニーが腰につけているトランスレーターを指さした。赤いランプが点灯していて、作動中だとわかる。アニーはマシンを手にとり、音量をあげた。

「書きとめろ」トランスレーターから声が流れた。「わが名声を告知するのだ。この野獣を圧倒しているのがわかるか？　わが筋肉の躍動に気づいているか？」

「わかっていますとも、キルル。なにひとつ見逃しませんよ」

「目を開いてよく見ろ、キキュー。これからこの恐るべき敵を殺す。どうしてカメラの用意をしていない？　許さないぞ」

狩猟者と女ふたりは茫然と顔を見あわせた。いま聞いたことが信じられない。だが、巨体の異人はその言葉どおり、頭を前につきだし、先の尖った角を蛇の頭に押しつけた。頭をいきおいよく動かすと、角が蛇を貫く。ゼイフ蛇がはねあがり、痙攣《けいれん》して、ぐったりとなった。

キルルは蛇をつかみ、遠くにほうりなげた。

「すべて記録したか、キキュー？」

「ぜんぶ書きましたとも、キルル。心配いりません。だれにも乗りこえられないあなたの偉業を、宇宙は語り継ぐでしょう」

トムは指先で額をたたき、

「どっちも狂ってる」

「狂っていようといまいと、あの蛇と戦って倒せるのよ」と、アニー。「相手にされなくて幸運だったわ」

「われわれでは弱すぎるというわけか」

「神に感謝ね」マルレットはため息をついた。

「キルルをやっつけられるような相手がいるのかしら」アニーはそういって、額にかかったブロンドの髪をかきあげた。「想像がつかないわ」

「ハルト人あたりかしらね」と、マルレット。

「あのふたりには、さっさと先に進んでもらいたいな」トムが岩によりかかっていう。

「このままじゃ、ここに立ち往生だ」

「ほんとうにあのふたりのあとをついていくの？」アニーがたずねた。

「いけないか？　キルルは途中の危険をすべて排除してくれる」と、狩猟者。「われわれのためにではないが」

その顔に影がかかった。トムは顔をあげ、たじろいだ。中空にキルルの球形の頭が浮かんでいたのだ。からだは岩の反対側だが、細い頸がのびて、頭部が岩の上をこえてきていた。

「いまのはどういう意味だ？」と、巨体の異人。「ハルト人なら、わたしをやっつけられるのか？」

トムは熱線ライフルをキルルの頭に向けたが、引き金をひこうとはしない。かれも女たちも、キルルが話を聞いて、内容を理解できるとは想像もしなかった。小声で、ほとんどささやくように話していたのだが。

「どうして答えない？」キキューの甲高い声が聞こえた。いつのまにか女ふたりのあいだに立ち、両のこぶしを腰にあてている。「戦いの相手になれそうな者を知っているなら、すぐに教えるのだ」

答えたのはアニーだった。

「知ってるわけじゃないのよ。ただ、ハルト人がこの銀河でいちばん強い戦士だっていうだけ。戦いでハルト人に勝った者はいないわ」

キルルが岩をまわりこんできた。片方の触手をのばし、アニーの肩に巻きつける。アニーは振りほどこうとしたが、触手はまるで鉄のように、びくともしなかった。

「だとしたら、ハルト人のところに案内しろ」キルルが威圧的な声でいう。「人生は短く、名声を得るための時間はすくない。このみじめな弱虫のキキューは、わたしよりずっと長命だが、その行動で名声を博することはできない。わたしにはそれができる。銀河の闘士として歴史に名をのこすのだ。後世の者たちはわたしの偉業を語り継ぎ、それによりわたしは不死となる。キキューがわたしの行動をすべて書きとめているから。わたしの偉業を本にして、宇宙にひろめるのだ」

トムはいますぐ危険はないと判断し、銃をおろした。

「ハルト人に出会えるとしたら、商館だろう」と、キルルに説明。「だが、そこまではまだ遠く、危険に満ちている。途中の危険をあんたが排除してくれるなら、商館まで案内しよう」

「同意できる取引だ」キルルは即答した。「ついてこい。時間をむだにしたくない」

そういうと向きを変え、大股に歩きだす。

「そう急がないで」キキューが叫んだ。「わたしの舌が喉から飛びだしそうなのがわかりませんか？」

「その舌を自分で踏みつけさえしなければ、充分に同行できる」と、キルル。

「待て、待て」トムが叫んだ。「そういうわけにはいかないんだ」

キルルは足をとめ、振りかえった。身をかがめ、大きく見開いた目で狩猟者を見つめる。

「この女ふたりはひよわで、そんなに速く走れない。このふたりもぶじに商館まで連れていくというのが取引の条件だ。ふたりのことを考慮してもらいたい」

「かついで運んでいく」と、キルルが提案。

「いいえ、自分で歩くわ」と、マルレットが即答した。

「わたしもよ。走る気はないわ」と、アニー。

異人は咆哮した。

「怒っているのだ」と、キキューが説明する。「時間をむだにするのが気にいらないから」

「だったら、ハルト人と戦うのはあきらめることだ」と、トム。

「自力で見つける」キルルがうなるようにいった。

「やってみればいい。どれほど時間がかかるか、すぐにわかるだろう」

その言葉と狩猟者の態度に、感じるものがあったらしい。キルルは触手二本を地面について向きを変え、ほかの者たちがついてこられるよう、ゆっくりと歩きだした。

＊

はげしい震動がピラミッドを襲った。床が大きく揺れ、ペリー・ローダンは倒れないよう、椅子にしがみついた。照明が消え、すぐにまた点灯する。

「直撃したようです」と、アルガー・スターバルが蒼白な顔でいう。

建物内で爆発のような音がした。その近くのドアが開き、ローダンとスターバルが話をしている部屋に通じる通廊に、人々があふれだした。

商館チーフはドアのほうへ急行し通廊に飛びだしたが、だれかに押しもどされた。パニックに駆られた群衆がその前を通りすぎていく。

「全員、おちつけ」そう呼びかけたが、耳をかす者はいない。

「ほうっておけ」ローダンがいった。「あれを押しもどすのは無理だ」

「どうかしてしまっているんです」と、スターバル。「着陸床に駆けつけて、まだぶじな宇宙船でスタートしようとしています……こんな状況だというのに」

人々は下行きの反重力シャフトの前で押しあいへしあいしていた。通廊には男がひとり、とりのこされている。脚を折ったようだ。

ローダンはその男に近づいた。

「きみの手当てをする者はすぐにくる」と、声をかける。ロボットとの戦いで助けた入植者だと気づいたのだ。「医療ロボットを呼んだから」

「ここから連れだしてください」男が懇願する。「建物が崩壊する」

「なかにいれば安全だ。いまアルガー・スターバルから聞いたが、バリア・プロジェクターの修理はまもなく終わるそうだ。あと数分でピラミッドは防御バリアにつつまれ、危険はなくなる」

「どうして最初から防御しておかなかったので？」

「スターバルによれば、最初に降ってきた土石で防御バリア・プロジェクターがやられたそうだ。そんな攻撃があると予想するのは不可能だった」

「あなたには見おぼえがありますね」

「そのはずだ。廃墟で会っている」

傷ついた男はじっとローダンを見つめた。そのあいだに医療ロボットが到着し、折れた脚を手当てする。やがて男はてのひらで額をたたき、笑みを浮かべた。

「ペリー・ローダン！　たしかにあなたです！　わたしの目は節穴だったらしい」

「わたしがここにいるなど、きみに想像できたはずもないだろう？」

入植者はうなずく。

「もちろん、そうでしょうとも」男はすっかりおちついていた。恐怖は消え、ローダンがいるだけで、もう土石がピラミッドに激突することはないと信じているようにさえ思える。

ローダンはスターバルのところにもどった。商館チーフはテレカムのスクリーンの前に立ち、無人衛星ステーションからの報告を聞いていた。

「土石と動物とロボットは、アルキスト全域に出現しています。惑星上で安全な場所は、どこにもないといっていい。惑星からの退避命令を出しました。ツナミ艦にも協力してもらう必要があります」

「ほかに可能性がないなら、協力させよう」ローダンはしぶしぶうなずいた。本心では、できればツナミ艦は使わせたくなかった。自分の行動範囲が制限されてしまうから。

スターバルがボタンを押すと、画面が切りかわった。一大陸が黒っぽい土石におおわれ、森林の大部分が消滅している。

「南方の大陸、ポラクスです。こんなことが起きる前はパラダイスでした。南方にあるもうひとつの大陸、アヴィス＝タルも似たような状態でして。ここトバル大陸はまだましですが、いずれこうなるのではないかと恐れています」

画面上に赤く燃えるような部分が生じた。それがなんなのかは、説明するまでもない。惑星アルキストの重力圏内に物質化した土石が地上に落下する途中、大気との摩擦で燃えあがっているのだ。

「アルキスト・パーク商館のここ以外は、透明ドームにおおわれていました。ドームをつくったのは、呼吸マスクを装着しなくても行動できる空間を確保するためです。ここの空気中の不純物は、毒性は弱いんですが、不快なものですから。吸いこみつづけるとひどいアレルギーをひきおこしますし、肺疾患の原因にもなります。ドームが崩壊したとき、多くの男女や子供たちが、命からがら逃げださなくてはなりませんでした」

べつのスクリーンの通知音が鳴り、スターバルはスイッチを押して映像を表示させた。一ラボからの報告だった。どこからともなく出現した土石の調査をさせていたのだ。

「こっちにきてくれませんか、アルガー？　いくつかおかしな結果が得られまして」と、スピーカーから声がした。

「いま行く」

ローダンもついていくことにする。どんな結果が出たのかは、もうわかっているように思えた。スターバルといっしょに反重力シャフトで二階層上に移動し、まだ機能しているラボのひとつにはいる。

出迎えたのはブロンドの男だった。乾燥してグレイになった石を両手で持っている。

「これは生命体の居住する惑星のものでした」と、説明。「灰、ナイフ、有機物質の残滓が発見されています。ただ、これは驚くほどのことではありません。これまでアルキストでは見られなかった動物が多数、出現していますから、当然の帰結です」

「それで、興味深い点はどこだ？」スターバルが長すぎる前置きにしびれを切らしてたずねた。

「これはあらたに降ってきた物質で、まだ十分ほどしか経過していません」と、研究員。

「年代測定ではほぼ六十万年前のものですが、信じられない勢いで　"若がえって"　いるんです……そういってよければ」

「どういってもいいさ」スターバルは皮肉な口調で、「だが、もうすこしわかりやすく説明してもらいたい」

研究員は石を近くのテーブルの上に置き、ややはなれた場所に山積みされたべつの石に近づいた。いくつかを手にとり、持ちあげる。

「この石は一時間ほど前からアルキストに存在しています。年代測定すると、三十万年ほど昔のものだとわかります」

「消滅する直前になると、どうなる?」ローダンがたずねた。

「消滅する直前の石はほんの数年前に形成されたものとなり、それ以後は消えてしまいますから、測定不能になります」

スターバルはとまどったようにローダンに目を向けた。研究員がなにをいいたいのか、よくわかっていない。アルガーはビジネスマンで、科学者ではなかった。

「つまり、どういう意味でしょう?」

「以前からわたしがいっていたことが裏づけられたのだ」ローダンが口をはさんだ。

「アルキストに落下しているものは、未来からやってきたとしか考えられない。それ以外の解釈は、年代測定の結果と整合しないから」

「そのとおりです。われわれも同じ結論に到達しました」

研究員は、さまざまな装置の前で作業している男四人と女三人を指さした。

「未来から?」スターバルは片手で髪をかきあげた。「なるほど。だから〝時間転輸機〟と名づけたわけですか」

「そうだ。わたしは前からそういっていた」と、ローダン。「物体は時間転輸機から送られたあと、いわば、あたえられた状況に適応するのだろう。だから存在をやめるのだ。この時代にはまだ存在しない……すくなくとも、アインシュタイン宇宙の現在の法則にはしたがっていない……物質なのだから」

「わかったような気がします」スターバルが曖昧《あいまい》にいう。「どこからきたものにせよ、われわれの生命を脅かしているのはたしかで、こちらはそのため故郷を捨てなくてはならない。こんなふうに一世界を攻撃するのは、とんでもない犯罪ですよ」

「攻撃する側も、ほかに手がないのだ」と、ローダン。

スターバルは大きく手を振って、その議論を打ち切った。

「わたしにはどうでもいいことです、ペリー。問題は、アルキストの住人に生命の危険があり、脱出を余儀なくされていることでして」

「それだけではない」ローダンがためらいがちにいう。セト＝アポフィスを全面的に非難する気には、なかなかなれないのだ。「六十万年後の世界でも、大きな悲劇が起きているはずだ」

「ええ、そのとおりです」

「大陸の大部分が、そこに住む動植物や知性体といっしょにいきなり消滅したら、恐ろしいことになるはず」

ふたたびピラミッドが大きく揺れた。内部にいた人々は、未来から投げつけられた土石がピラミッドの外壁に衝突するのを感じた。

数分前にはじめて衝突したさいは、すぐにしずかになったが、こんどはつづけざまに衝撃が襲ってくる。ローダンは壁にひびがはいるのを見て、さすがに不安になった。こんどの攻撃では、手かげんするつもりはいっさいないようだった。

4

夜になるころ、女ふたりとトム・バレットとキルルとキキューは高原に到達した。アニー・ヴォルシェインは横になりたいと主張した。もうくたくたで、立っているのもやっとだったのだ。休息が必要だった。だが、不安もある。ジャングルのなかを進んで、危機を切りぬけているあいだは、ルイス・ベルガのことを思いださずにすんでいた。休息したら、きっとかれのことばかり考えてしまうだろう。

実際、横になるとすぐにルイスのことが頭に浮かんだ。心から愛していたのだ。その死はアニーを深く傷つけたが、彼女はそれをおもてに出さなかった。マルレット・ベルガに知られたくなかったから。

とても眠れないのではないかという不安は杞憂《きゆう》に終わった。あまりに疲れていて、すぐに眠りに落ちる。

目がさめたのは、空気中に満ちるくぐもった轟音のせいだった。地面も地震のように揺れ、雲がグリーンや黄色やブルーに染まっている。その意味はすぐにわかった。あらたな土石がアルキストに降りそそいでいるのだ。

アニーは急いで立ちあがった。マルレットとトムと異人ふたりも起きあがっていた。明るくなりかけた地平線を背景に、かれらの姿が黒い影になっている。

「ここにいたのでは、チャンスはない」狩猟者がいった。「どこにも逃げられないから。岩の割れ目のような場所を探して、あぶなくなったらそこに逃げこむべきだ」

「それじゃ生き埋めになるだけよ」立ちあがったアニーはあたりを見まわした。曙光《しょこう》で見えるのは、せいぜい二キロメートルくらい先までだ。高原にはさまざまな大きさの岩が散乱していた。木々や藪はほとんど見あたらない。ただ、どこもかしこもこれほど荒涼としているわけではないだろう。アルキスト・パークに近づくほど、ましになっていくはず。

「アニーのいうとおりです」と、キキュー。「直撃されないことを願うしかない」

その甲高い声はトランスレーターから流れた。

どこか遠くで鈍い音がし、岩の上にブルーの電光がはしった。

「だれかがエネルギー兵器を発射したみたいだ」トムが驚いていう。かれは首をめぐらし、周囲を見わたした。見知った岩のかたちでもわかれば、いまどこにいるのかはっきりするのだが。結局、かれはまた首を横に振った。「いや、そんなものはどこにもない。

商館はまだ遠いな」

「宇宙船があればべつだけど」と、マルレット。

「ばかなことを」アニーがいいかえした。「正気の人間が、ここに着陸しようなんて思うはずがないわ」

突風が吹きぬけた。嗅《か》ぎなれない奇妙なにおいが、呼吸マスクを通して感じられる。

その直後、くぐもった咆哮と足音が響いた。

「いまのはなに？」マルレットが不安そうにたずねる。

なにか力強いものが迫っている。全員がそれを感じた。周囲の空間が急にせばまったような気がした。

「わからない」トムは身を乗りだし、耳をそばだてた。「細長い岩が三本集まっている、あのあたりからくるようだ」

「なにかが接近してきます」キキューが断言した。「偉大なるキルル、たぶんあなたの名声をさらに高める機会が訪れるようです」

「そう願いたい」キルルは目に見えない敵と戦うように、触手を振りまわした。それがアニーの肩をかすめ、彼女は驚いて後退した。

「ちょっと、気をつけなさいよ」と、肩をさすりながら文句をいう。「わたしにあたるところだったじゃない」

触手がさがった。巨体が振りかえり、アニーを見る。キルルの目がゆっくりと開いた。ひどくしょげているようだ。

「ほんとうにすまなかった。どうか許してもらいたい。興奮しすぎた」

「わかったなら、もういいわ」

キルルは音をたてて息を吸いこみ、細長い岩のほうに向きなおった。三本岩の上には影が集まっている。風が土砂《どしゃ》を巻きあげて、竜巻になろうとしているかのようだ。そのとき、また雲のなかで物質の落下をしめす光がひらめき、それが巨大な金属に反射した。

「ロボットだ」と、トム。「なんて大きさなんだ」

マルレットは数歩後退し、狩猟者のかげにかくれた。無意識のうちに保護をもとめたようだ。アニーは恐怖に硬直して、巨大ロボットを見つめた。

そんな大きなロボットは見たことがなかったし、存在を耳にしたこともなかった。

ロボットは柱のような脚二本と、そのあいだに鋼の歯車で接合されたシリンダーを使って歩いていた。全高五十メートルほど、胴体は円錐形で、基部の直径は二十メートルくらいあるだろう。円錐の頂点に円盤形の頭部があり、その直径が六メートルほどある。円盤からも、円錐の上部からも、さまざまな不気味な装置がつきだしていた。なんのための装置なのか、アニーには見当がつかない。ただ、円錐の側面のふくらみがエネルギー兵器なのは明らかだった。ロボットの下部には各種の把握装置がならび、それも恐ろしい武器になるらしい。

四脚ロボットが一体、そう遠くない地面の割れ目から飛びだして、高原の上を飛翔した。それに気づいた巨大ロボットは、エネルギー兵器の一撃で四脚ロボットを破壊した。

「動くな」バレットがささやいた。

「ここにつったってるわけにもいかないわ」アニーが小声でいいかえす。ロボットはまっすぐかれらのいるほうに向かってきていた。

移動速度はかなり速い。一歩で十メートルは進んでいるだろう。

キルルが触手を空中で振りまわし、勝ち誇ったように叫んだ。

「キキュー……目を見開いておけ。この戦いは、わたしに最大の名声をもたらすだろう。ああいう敵に出会いたいと、ずっと望んでいたのだ。あの巨体にくらべたら、ハルト人など、なにほどのものか！」

かれは叫びながら、ロボットに突進していった。

＊

このときイホ・トロトは、かくれ場を出て司令室に向かう決意をしていた。

地球でかれに強い影響をあたえ、〝デポ〟に行くことしか考えられなくしていた異質な力は、いまはほとんど感じない。自由になった気分だった。

いまなら友たちをたより、助力をもとめることもできるだろう。せめて艦長に事情を話し、ペリー・ローダンと連絡をつけたい。

通廊に出ると、船の周囲のようすをうつした映像が目にはいった。ツナミ艦はすでに、雲におおわれた惑星に着陸する機動を開始していた。この状況で司令室に行くのはためらわれる。いきなり姿をあらわして艦長たちを驚かせ、艦を危険にさらしてしまうかもしれない。自分が乗っていることはだれも知らないのだ。司令室に行くのを数分ほど遅らせても、問題はないだろうと思えた。

トロトは通廊で、船が着陸するのを待った。

宇宙船はしずかに降下し、雲をぬけるときも震動することはなかった。着陸地点は惑星上の、ちょうど夜が明けたあたりだ。色とりどりの光が雲のなかを動いている。トロトがはじめて目にする、美しい光の乱舞だった。原因はよくわからない。

ツナミ艦が着陸床に接近する。そこには宇宙船の残骸が散乱していた。管制塔もほとんど瓦礫と化している。ひろい川に面した宇宙港の大部分が土石におおわれていた。

トロトは反射的に、この瓦礫が原のどこにツナミ艦が着陸できるだけの場所があるのかと考えた。だが、司令室要員とポジトロニクスは、かれよりも状況をよく把握していたらしい。宇宙船が着陸した周囲には、充分なスペースが確保されていた。

二十人ほどの男女が走りでて、グレイの岩のあいだにはさまった円盤形宇宙船に駆けよっていく。女たちは船のなかにはいり、男たちは周囲の岩をどけはじめた。ありとあらゆる種類のロボットが、一見するとよくわからない目的のため、着陸床を動きまわっている。

突然、トロトは赤熱《せきねつ》した針を頭につっこまれたように感じた。目の前で赤い光が踊る。またしても自分のなかに異質な存在を感じ、本能的にそれに対抗し、追いだそうとした。同時に、今回も最後まで抵抗はできないだろうと覚悟する。

かれは苦痛の叫びをあげ、走行アームをおろして走りだした。

生きた弾丸のようにハッチをつきやぶり、通廊をエアロックへと突進。だれかが見ていて、ハルト人を通そうとしたかのように、内扉と外扉が自動的に開いた。実際、かれの暴走で、司令室では警報が鳴っていた。ただ、その時点では、何者なのかまではわかっていない。トロトだとツナミ乗員が気づいたのは、かれがアルキスト・パークの着陸床に出ていったあとだった。

ロボット十体が、命令をうけたかのように、いっせいにトロトのほうを向いた。マシンはどれも身長二メートルのヒューマノイド・タイプで、各種の把握装置や工具を装備している。修理ロボットやサービス・ロボットだが、工具を武器として使えば、かなりの殺傷能力があった。

瓦礫のあいだから、ぼろを着た人間があらわれた。手にはブラスターを持っている。

男は目をまるくして、自分のほうに突進してくるイホ・トロトを見つめた。ロボットはハルト人にたちむかい、可能なら向きを変えさせ、地面に投げ倒そうとした。トロトは上体を起こし、ロボット三体を一度にはねとばした。三体は一、二メートル空中にはねあげられ、何度か回転して、地面にたたきつけられた。それでも停止はせず、起きあがると、ややぎごちない動きでふたたびハルト人につかみかかる。

まるでプログラミングされているかのように、イホ・トロトを殺そうとする。

ハルト人は一ロボットを背中に乗せたまま、ぼろを着た男に突進し、わきに押しのけた。男がブラスターを発射する。まばゆい熱線がかすめたが、トロトはほとんど気づきもしなかった。ロボットの群れに対抗しなくてはならないから。ロボットはトロトを拘束し、腕をへし折り、あるいはナイフでつきさすことしか考えていないらしい。ハルト人は手足を振りまわしてロボットをはねのけ、大きな傷をうけるのを回避した。

ツナミ艦からはなれるほど、ロボットの数は多くなっていく。

トロトは咆哮しながら攻撃をしりぞけ、たんに追いはらうだけでなく、破壊しようと努力した。内面では、自分を乗っとろうとする異質な力と戦いつづけている。そちらに力をとられるため、ロボットとの戦いに集中できなかった。敵の数を大きく減らさないかぎり、勝ち目はなさそうだ。

襲ってくるロボットの群れの一角を、狙いすました攻撃で崩す。追い討ちを考えて、ほんの数秒、内なる敵から気をそらした。

その瞬間、なにかが暴力的に内面に押しいってくるのを感じ、重要な地歩を失ったのがわかった。

自我を破壊しようとする異質な力に対抗するため、トロトはその場に立ちつくした。ロボットの群れにからだが埋めつくされるのを、他人ごとのように感じる。

そのとき、くぐもった轟音が聞こえ、地面が震動した。トロトは巨大な宇宙船が降下してくる場面を想像し、その下敷きになる不安にとらわれた。絶望に駆られて直立し、からだを反転させる。かれにしがみついていたロボットが、無数のボールのようにはねとばされた。一瞬、トロトは自由になった。

頭上に奇妙な光を感じる。着陸のとき見たのと同じ光だ。

いきなり空が消え失せ、そこに巨大な土石の塊りが出現していた。まるで、月のかけらが真上から落下してくるようだ。

これはどうにもならない、と、ハルト人は悟った。

逃げるつもりになれば、時速百二十キロメートルの速度は出せる。だが、その速度でも、もうまにあわないだろう。

咆哮とともに両腕を高くかかげ、トロトは落ちてくる巨石をうけとめようとした。

＊

「完全に理性を失ってるな」トムがいった。「あのロボットを相手にできるわけがないのに」

キルルは岩のあいだに置いていた曲刀と斧を触手でつかむと、驚くべき速度で巨大ロボットに向かっていった。

ロボットの頂上部から電光がほとばしり、名声をもとめる異生命体をとらえた。トムと女ふたりははっきりと、エネルギー・ビームが球形の胴体に命中するのを目にした。だが、キルルはなんの影響もうけない。トムに熱線ライフルで撃たれたときと同じだ。アニーの目には、むしろ動きが強化されたように見えた。キルルのからだが輝きをはなっている。かれは威嚇するように、ふたつの武器をロボットに向かって振りあげた。

ふたたびロボットから電光がはなたれる。だが、こんどは命中しなかった。まるで攻撃を予期していたかのように、キルルが横に跳んでよけたのだ。岩の表面に赤い斑点が生じ、白熱して溶けた岩が周囲に飛び散る。

キルルは前後左右に巧みに動きまわり、相手の狙いがわかっているかのように、すべての攻撃をかわしていった。ロボットの太い脚の片方にとりつく。これで頭上からビームで狙われる危険はなくなった。

ロボットは動きをとめた。砲塔がいくつか下を向いたが、キルルはその射線をうまく避けている。ロボットの側面からいかにも強力な把握装置がのびだしてきたが、その動きはあまりに遅く、キルルの脅威にはならなかった。

「キキュー」キルルが大声で呼びかける。「眠ってなどいないだろうな？　この戦いのすばらしい記録を期待しているぞ」

「まかせてください」小柄なヒューマノイドは甲高い声で答え、本になにか書きつけた。

「ここからはなれましょう」アニーがいった。「ロボットに襲われるのを待つ気はないわ」

「ちょっと待った」と、狩猟者。「見ろ、ロボットが向きを変えるぞ」

たしかにそのとおりだった。巨大ロボットが方向を転じ、かれらからはなれていく。

「キルルが脚のつけ根までたどりついたわ。見て」マルレットは恐怖を克服したようだ。片手を狩猟者の腕の下に滑りこませている。

異生命体はロボットの円錐形の胴体下部にとりつこうとしていた。片方の触手をロボットの脚に巻きつけ、斧を胴体と脚の接合部にたたきつける。火花が飛び散ったものの、損傷をあたえたようには見えない。

「ドン・キホーテだ」トムはかぶりを振った。「こんな場面を見ることがあるとは思わなかった」

「ドン・キホーテ？　なんなの？　聞いたことがないわ」と、マルレット。

「あとで説明するよ」狩猟者が答えた。

自分も知らないんでしょ、という思いがアニーの頭をよぎった。マルレットがトムにすがりつき、目を輝かせてかれを見つめるのを、おもしろがるような顔で眺める。

突然、大きな破断音がした。ロボットの関節から炎が噴きだし、動きがとまった。巨大な片脚があがったまま、前に踏みだすことができず、重心がシリンダー部分に移動して、足の下にあった土石を踏みつぶす。

キルルはつづけざまに勝利の雄叫びをあげた。胴体の下面にそって、シリンダーの歯車の危険なほど近くをかすめ、もう一本の脚に向かう。ロボットはまだ立っていた。多数の腕の一本を前にのばし、カメラのついた把握装置をキルルのほうに近づけていく。

「よけてください、キルル！」キキューが叫び、あわてて片手で口を押さえると、背をまるめて本になにか書きこんだ。そういうかたちで自分が主人の戦闘に参加してしまうのは、好ましくないらしい。

名声をもとめる戦士はつかみかかる鉤爪を避けようとしたが、戦略を変更しないかぎり、かわしきれそうになかった。そこで、回避するのはやめ、攻撃に力を集中する。のびてきた鉤爪をよけてその腕に跳びうつり、いちばん上の関節まで駆けあがって、そこに曲刀をつきたてたのだ。はげしい爆発が起き、あぶなく吹っ飛ばされそうになる。だが、キルルは触手をからめてからだを支えた。マシンの腕が関節から折れ、地上に落下する。

「やったわ」アニーが驚きの声をあげた。できるだけ気づかれないように、ゆっくりと岩かげに退避するところだ。トムとマルレットもそのあとにつづいた。キキューは危険もかえりみず、ロボットの近くにとどまっている。

「ああやって腕を一本ずつ折っていけば、敵を無力化できそうだ」と、狩猟者。「それでも、まだエネルギー兵器がある。あれには対処できないだろう」

驚いたことに、キルルは向きを変え、円錐形の胴体を頂上に向かって登りはじめた。

「どういうつもりだ？」と、トム。「恰好の的になるだけだぞ」

エネルギー兵器の砲塔が旋回し、キルルに狙いをつけた。

5

イホ・トロトは生きのびるための唯一の手段をとった。

細胞の分子構造を転換させたのだ。

肉と血でできたからだが、瞬時にべつのものに変わる。その強靭さに匹敵する物質は、テルコニット鋼だけだ。体細胞がすべて、最高の強度を誇るクリスタルに変化したのである。

この状態のトロトのからだを破壊するには、高エネルギー兵器を持ちだすしかない。

トロトがアルキストの現状にあわせて細胞構造を転換した瞬間、大量の土石がすさまじい勢いで降りそそぎ、かれを生き埋めにした。

周囲にいたロボットたちは、たちまち土石に押しつぶされた。

だが、トロトは土石の下にうずくまっていた。周囲がしずかになるのを待ち、立ちあがろうとする。

そのとき、頭のなかに声が響いた。なにかささやいているが、なにをいっているのかはわからない。

わかったのはひとつの言葉だけだった。

〝デポ〟

全身の力をこめて、堆積した土石を押しのける。苦悩にさいなまれてきた精神は、思いがけない力を発揮した。降りつもった数トンぶんの土石をかきわけ、モグラのように上をめざし、手足をシャベルのように使う。ささやく声が大きくなるほど、それから逃れようと、作業に力がはいった。

だが、逃れることはできない。

ついに地表に到達したトロトの頭のなかに、さらにはっきりと声が響いた。かれは内心の苦悩に咆哮した。

腕を振りまわし、近づいてくる者がいれば、すべて打ち倒す勢いだった。

だが、まわりにはだれもいない。

周囲には空から降ってきた土石が積みあがっていた。降りはじめた雨が土埃をしずめる。数百メートルはなれた瓦礫のあいだで、ドーム状のエネルギー・バリアが鈍く輝いていた。そのなかにピラミッド形の建物の先端が見える。

内なる声が、そこに行って助けをもとめるべきだとささやいた。

トロトはぎごちなく動きだした。

まるで粘性の高い液体のなかを動いているようだ。一歩一歩が苦痛に満ちている。

心のなかの異質な力がふたたび強まった。

トロトは内面に耳を澄ました。

あざけるような笑い声が聞こえないか？

未知の力が、どんな努力もむだだということを、自分に理解させようとしているのか？

走行アームをおろし、しばらくその場にたたずむ。

直径十メートルほどの巨岩が雲のなかから落下してきて、かれの背中を直撃した。岩がばらばらに砕けたが、ハルト人にはけがひとつない。それでもなにが起きたのかはわかった。ひどい衝撃が全身を駆けぬけたから。

トロトは咆哮し、背筋をのばした。

攻撃がどこからくるのか、もうわからなかった。異質な力は、自分を破壊しようとしているのか？　精神だけでなく、肉体まで粉砕するつもりか？

振りかえって、走りだす。

岩から岩へ軽々と跳躍し、幅二十メートルにもなる裂け目を、たいした苦労もなく跳びこえる。

ピラミッドをつつみこんだエネルギー・ドームは、背後にどんどん遠くなっていった。

トロトは川を見おろす高原に向かった。

またしても〝デポ〟のことが頭をよぎる。間違った方角に走っていることはわかっていたが、向きを変える気になれない。かれは自由をもとめていた。きっと自由になれると信じていたのだ。

＊

いくつかの砲塔から発射されるビームにとらえられたと思ったとき、キルルのまるいからだが、いきなりロボットの窪みのなかに消えた。

「なにかしないと。手をかすんだ」

トム・バレットはそういうと、熱線ライフルをあげたが、アニー・ヴォルシェインが即座にその銃口をさげさせた。

「あのロボットを撃っちゃだめよ」と、警告する。「全員、命を落とすことになるわ」

女ふたりと狩猟者は地面の割れ目に身をかくし、そこから戦いを見守っていた。

キルルがロボットのなかに突入した場所から十メートルほどはなれたところで、マシンの金属表皮の一部が爆発するように剝《は》がれた。あいた穴から球形のからだが飛びだす。

キルルは出っぱりに触手をかけてからだを揺すり、その上に飛び乗った。

ロボットはふたたび多くの腕の把握器具でかれを捕まえようとする。あやうい場面も数回あったが、キルルには、いつまでも逃げまわっている気はないようだ。何度か把握器具を回避したあと、斧で巨大な鋼の手を一撃する。火花が散ったが、それ以外はなにも起きない。

もうだめだと思えたとき、キルルは垂直に数メートルも跳躍した。ぼんやりと光る格《こう》子状《しじょう》の部分につかまり、階段状の部分をななめにつっきり、いきなり方向転換して、追いかけてきた把握器具をかわす。斧がきらめきながら空中を飛び、鋼の指の上のカメラを破壊した。その直後にキルルは位置を変え、十メートルほどはなれたアンテナ状の構造物に跳びついた。アンテナは負荷に耐えきれずに折れ、アニーが悲鳴をあげる。球形のからだが十メートルも落下したのだ。

キルルは触手を伸ばし、砲塔につかまろうとして失敗。もう一方の触手の先端がマイクロ波探知機のアンテナのジョイント部分になんとか巻きついた。さらに数メートル落下し、触手がいっぱいに伸びきって、いまにも切れそうになる。だが、そのからだはアンテナを中心に大きな弧を描き、上に向かって勢いをつけた。触手がアンテナからはなれ、からだが数メートル投げあげられる。キルルはロボットの腕の先端にある把握器具の裏側に着地した。

勝ち誇って、高々と触手を振りあげる。

「見ていたか、キキュー？　ちゃんと記録しろ。忘れるな」

ヒューマノイドの記録係はうめいて頭をかかえ、主人の軽薄さに愚痴をこぼした。

「神経にこたえすぎます。すべてが終わって、わたしがまだ生きていたとしても、そのときはよぼよぼの歯ぬけの爺さんですよ」

キルルは恐れを知らないようだった。把握器具を蹴ってふたたびロボットの胴体に跳びうつる。把握器具のカメラがもう使いものにならないのが、わかっているのだ。巧みに胴体をよじのぼり、円盤形の頭部に到達。そこにはアンテナや探知機が林立していた。キルルはそれらに突進し、かたっぱしからへし折った。

巨大ロボットがよろめく。

いくつもの砲塔から、周囲の地上や低く垂れこめた雲に向けて、何条もの熱線がでたらめに発射された。

その直後に雨が降りはじめた。ロボットが乱射する熱線が水滴を蒸発させ、熱い霧が生じる。霧はとても濃く、トムにも女ふたりにもキキューにも、名声を追いもとめるキルルの姿が見えなくなった。それでも勝利の雄叫びと、アンテナが折れる音だけは響いてくる。

乱射はつづき、あたりが耐えられないほど暑くなった。

「後退しましょう」アニーが提案した。「このままここにいたら、蒸し焼きだわ」

彼女は岩の割れ目から這いだし、マルレットと狩猟者もそのあとにつづいた。よろめきながら、荒れた地上を走る。

先頭に立ったのはトムだった。荒野での行動に慣れていたし、方向感覚もいちばんたしかだったから。かれは戦闘の音からはなれるほうに進んでいった。

「どこに行くの？」しばらくして、アニーがたずねた。戦闘の音がちいさくならないのだ。「同じ場所をまわってない？」

「そんなことはない」トムはおちついて答えた。「ロボットの横を迂回して、アルキスト・パークに向かおうとしているところだ」

大きな爆発音が聞こえ、三人はたじろいだ。足をとめ、なにが起きたのかと周囲を見まわす。巨大ロボットはやはり霧につつまれていたが、位置はわかった。ときどき霧のなかに姿が見えるのだ。

「百メートルもはなれていない」アニーがいった。「あれが倒れて爆発したら、吹っ飛ばされるわ」

「冗談のつもりか？」トムは唇をゆがめて、あざけるようにいう。「どうしてキルルがあのでかぶつに勝てるはずがある？　アンテナを数本、折っただけじゃないか」

かれがそういった直後、たてつづけに爆発が起きて静寂をひきさいた。鋼の破片がばらばらと降りそそぐ。三人は不安そうに顔を見あわせた。

「キルルじゃ勝てないって？」アニーが皮肉っぽくいう。

「ここをはなれましょう。急いで」と、マルレット。

また頭上でなにかが爆発し、いきなり霧が晴れた。巨大ロボットがゆっくりと近づいてきている。

「倒れるぞ」トムがうめき声をあげた。

向きを変えて逃げようとしたとき、足が岩の隙間にはさまり、トムはその場に倒れた。女ふたりは逃げていってしまう。トムは身をよじり、懸命に足をひっぱった。永遠とも思える数秒が過ぎ、足がぬけた。かれは目を見開いた。マシンがかたむき、真上に倒れてきそうに思える。だが、ロボットの高さは五十メートルほどで、かれのいる場所は百メートル以上はなれていた。

立ちあがり、女ふたりのあとを追う。

耳を聾する大音響とともに、ロボットが岩の上に倒れた。そのからだが壊れてばらばらになり、胴体からは炎が噴きだす。金属片とプラスティック片が弾丸のように周囲に飛び散った。こぶし大の破片がひとつ、トムの肩を直撃し、かれはもんどり打って地面に倒れた。

ロボットの円盤形の頭部が、まるで反重力フィールドにとらえられているかのように、ゆっくりと落下してくる。それが急加速して、目に見えない手で投げつけられたように、狩猟者から十メートルとはなれていない場所の岩に激突した。砲塔がそのそばに落ちてきて、弱い閃光をはなったが、なにかを損傷することはなかった。

トムは立ちあがろうとしたが、ロボットの胴体からあたり一面にオイルが流れでていた。何度も足を滑らせながら、必死に前に進む。

ようやく乾いた地面の上に出たときには、もう走れないくらい疲労困憊していた。それでもオイルのにおいは執拗に追いかけてくる。狩猟者は爆発を恐れた。オイルに引火したら、高原が火の海になるかもしれない。実際、まだ二十歩も歩かないうちに背後で火の手があがり、熱波が押しよせてきた。

トムは岩かげに転がりこみ、岩が炎を食いとめてくれることを願った。緊張して聞き耳をたてる。炎がさらにひろがって、のみこまれるのを恐れたのだ。ロボットの残骸の降りそそぐ音がくりかえし聞こえた。

だが、やがてそれもしずかになる。

「いつまでそうやって寝転がってるつもり？」アニーの明るい声がした。そのあざけるような口調を聞いて、トムは怒りに頬を紅潮させる。

男は顔をそむけた。

「ひどい人ね」マルレットがアニーに罵声を浴びせた。両手を腰にあてて狩猟者を見おろすアニーを押しのけ、心配そうに男のそばに膝をつく。「けがをしてるわ」

「破片に直撃された」トムはおさえた声で説明した。「ここだ。肩のうしろ」

「あら、ほんとうだわ」と、アニー。「勇敢な戦士は、いつも背中を負傷するのね」

「やめなさい」マルレットが大声を出す。興奮して、われを忘れているようだ。「どうすればよかったっていうの？　わたしたちだって逃げたでしょう」

トムは膝をつき、右手で左肩を押さえた。顔が苦痛にゆがむ。

「軟膏がある。すまないが、塗ってくれないか」

「いいわ。かして」マルレットがやさしくいい、手をかして狩猟者のシャツを脱がせる。

アニーは立ったまま、侮蔑的な笑みを浮かべてそれを見ていた。トムの肩はわずかに赤くなっている。

「たいしたことなさそうね」軟膏を塗れるよう、トムがマルレットに背中を向けると、アニーはいった。「軽い打ち身程度だわ」

「黙ってて」と、マルレット。「深いところまで傷になってるわ。トムはわたしたちを助けてくれた。こんどはこっちが助ける番よ」

わたされた軟膏をマルレットが塗りはじめると、アニーは笑い声をあげた。

「男はみんなこうね。酒や女の話になると大言壮語するくせに、ちょっと痛いだけですぐに泣き言をいうのよ」

「いいから黙ってて！」マルレットが叫ぶ。

「ばかな女はそれにころっとやられちゃう」アニーはそういうと、向きを変え、アルキスト・パークのほうに歩きだした。

「気にすることないわ」マルレットはやさしくささやいた。「わたしがあなたの世話を焼くもんだから、嫉妬してるのよ」

「すまない。もう充分だ」トムはシャツを着て、熱線ライフルをひろいあげた。「行こう。われわれも進まないと」

「ほんとうにもうだいじょうぶなの？」

「もう平気だ」

「自分をいたわらないと」

「そうもいってられないからな」

「キルルと、記録係のキキューはどうするの？」

トムは肩をすくめた。

「どうもこうも、どうせもう死んでる。あれを生きのびられたと思うのか？　最後に見たとき、キルルはすくなくとも五十メートルの高さにいた。キキューはロボットのすぐそばにいたから、炎から逃れられたとは思えない」

「それもそうね」マルレットはそういい、かれのあとをついていった。

＊

ペリー・ローダンはどちらに向かえばいいのかわからなかった。周囲ではピラミッドの壁や天井が崩れつづけている。

「建物はだいじょうぶです」と、アルガー・スターバルが叫ぶ。「信用してください」

「それでも、ほかの者たちと合流したほうがいいだろう」

ローダンは建物全体がいまにも頭上に崩れおちてきそうな気がしていた。

「防御フィールド・ジェネレーターは作動しています。生き埋めになる心配はありません。とはいえ、たしかに、下に行ったほうがいいようです」

スターバルはローダンを先導して反重力シャフトに向かった。不安に駆られた研究員たちがふたりを追いこし、シャフトに飛びこんでいく。

「理解してやってください」と、スターバルはすまなそうにいった。「家族や親戚と連絡がつかないのです。わたしがとめなかったら、とっくに脱出用宇宙船に飛び乗っていたでしょう」

「かれらを非難するつもりはない」と、ローダン。

ホールに出ると、おびえた人々が右往左往していた。スターバルは手首のマイクロフォンを通して話しかけた。

「おちつけ」と、よく通る声で叫ぶ。「たったいま、防御フィールドが正常に作動したと報告があった。もう安全だ」

頭上で大きな破壊音が響き、プラスティックの破片が降りそそいだ。それがスターバルの足もとに落下する。だが、商館チーフは、なにごともなかったかのようにおちつきはらっていた。

「われわれ全員、アルキストから脱出する」そういったあと、すぐにスタートしろと騒ぐ人々の声を圧して説明する。「しかし、土石が空から降りそそいでいるあいだは、待つしかない」

「いったい、どこからきたものなんです?」赤毛の女が声をあげた。人々をかきわけて前に出ると、ローダンをにらみつける。すべてはかれの責任だといわんばかりに。

「わたしが説明する」ローダンがいった。「しずかにしてくれれば、質問に答えよう」

ささやきあう声がおさまるのを待つ。そのあと入植者たちに向かい、さっきスターバルに話したのと同じことを説明した。ただしセト＝アポフィスという名前は出さず、〝以前から存在がわかっていた未知の力〟と表現する。当然、超越知性体の工作員や、宇宙ハンザの真の目的については、いっさい触れなかった。非常に厄介な相手からの攻撃で、土石やロボットや生命体は未来からきたものだといっただけだ。

「だとしたら、反撃する潮時です」入植者のひとり、黒い顔の太った男がいった。

「そのとおりだわ」赤毛の女も同意する。「機は熟しています」

数人が拍手し、敵をやっつけろ、と、叫ぶ者もいた。

「相手が困っているとしても、わたしたちになんの関係があります？」と、赤毛の女。

「その相手が助けを必要としているなら、われわれの上に土石を投げおとしたりするはずがないでしょう」黒い顔の男がつけくわえる。

「たくさんの死傷者が出ているんです！」うしろのほうから一アルコン人が叫んだ。

ローダンは両手をあげ、人々がしずかになるのを待った。

「会議に諮《はか》ろう。進軍の旗をかかげるのはかんたんだが、名誉を守ってその旗をおろすのはむずかしい」

「どういう意味です？」赤毛の女が驚いてたずねる。

「ずっと昔に存在したハンザ同盟の、ある有名な権力者の言葉だ。これはその人物のモットーで、われわれも考えるべき多くの真理をふくんでいる」

「よくわかりませんけど」

「この言葉がいましめているのは、性急な攻撃だ。〝会議に諮る〟とは、交渉するということ。慎重に戦略をたて、相手を理解し、和平の道を探るのだ」

「たしかに、それが理性的かもしれません」と、黒い顔の男。

「もうひとつの、旗がどうとかいうほうは？」赤毛の女がたずねる。

ローダンは微笑した。

「武器を手にして相手を撃つのはかんたんで、たいした理性は必要ない。だが、それで戦闘がはじまってしまえば、終わらせるのは困難だ。どちらの陣営も、自分が負けたとは思いたくないから。そんなところで謙遜する者はいない。だれだってできるだけ無傷で、できるかぎり堂々と帰還したいはず。戦争をはじめるのが終わらせるよりむずかしいことは、経験的にわかっている」

「理性的に聞こえますね」赤毛の女がいう。

「理性的なのだ」と、ローダン。「われわれ、古きハンザ同盟の伝統にのっとり、会議に諮ると決断した……その伝統は、たとえおのれの居場所を守る必要がある場合でも、むやみに攻撃をくわえていいとはいっていない」

同意のつぶやきがあちこちから聞こえた。だが、それはローダンにとり、まったく重要ではなかった。人類が進むべき道はわかっている。いまこのとき、この危機的状況でとりわけ重要なのは、人々の恐怖をとりのぞき、パニックを回避することだ。

それはうまくいったようだった。

6

どうやら完全に嫌われたわね、と、アニー・ヴォルシェインはおもしろがるように考えた。彼女とマルレット・ベルガと狩猟者は、ロボットの残骸を背後にのこして立ち去ろうとしていた。マルレットはアニーが存在しないかのようにふるまっている。そのぶん、トム・バレットにはしきりに媚《こ》びていた。狩猟者のほうも、マルレットへの好意をかくそうともしない。

甲高い笛のような音に、三人は足をとめ、振り向いた。

トムは凍りついた。キルルと記録係のキキューの姿があったのだ。異知性体は煙をあげる岩のかげから出てきたところだった。名声をもとめるキルルは、明らかにからだが大きくなっていた。球形の胴体は倍くらいにふくらんでいる。キルルは両方の触手を振り、また笛のような音をたてた。

「なんてことだ」狩猟者がつぶやいた。ほんとうに小声だったので、キルルには聞こえないと確信している。「あれを生きのびるのは、ぜったいに無理だと思っていた」

「間違いはだれにでもあるわ」と、アニー。

強い雨が顔を打つ。アニーは全身ずぶ濡れだが、気にもしていなかった。アルキストで生まれ育って、こういう天気以外は知らないから。この惑星では、乾燥する季節というのはないに等しかった。ふつうは建物の外に出るなら雨具を着用するが、雨に慣れているので、防水衣を着て汗まみれになるより、濡れるほうを選ぶ者も多い。

「わたしは勝った」キルルが勝ち誇っていう。「宇宙にこれまで存在したなかで、もっとも巨大でもっとも危険なロボットとの決闘に勝ったのだ。キキューはこの類例のない戦いを、すべて客観的に記録した。宇宙のあらゆる惑星で、だれもがそれを読み、わたしの偉業を称えるだろう。この偉大なるキルルの偉業を」

「あなたは無敵ね、キルル」アニーが断言する。「白状すると、すこし疑っていたわ。でも、いまならわかる。あなたを負かせる者はいないわ」

キルルは触手を頭に巻きつけて持ちあげ、細い頸が見えるようにした。

「そのとおり」と、自信満々に宣言する。「わたしより偉大な者はいない」

遠くの森からくぐもった咆哮が響いた。

「あれはなに？」マルレットが不安そうにたずねる。

キルルはさらに頭を高くかかげ、目を見開いた。

「あらたな敵か？」と、うれしそうにいう。「わたしにかなう者はいないと、すぐに思い知ることになるだろう」

赤い防護服姿の巨体が藪をかきわけ、飛びだしてきて叫んだ。

「イホ・トロトの行く手をふさぐのはだれだ?」

ハルト人は時速百キロメートルをこえる速度で突進し、周囲のようすなど目にはいっていないようだ。

障害物を無視して、木々をかすめ、岩を砕き、湿地をつっきり、地面の割れ目を跳びこえて疾走している。よけられそうなものでも、いっさい斟酌《しんしゃく》しない。

「目をつぶってるわ」マルレットが驚いたようにいった。「なにもかもはねとばしてる」

「わたしのことは、そうはいかない!」キルルが自信たっぷりに叫んだ。

回避するつもりなどないキルルに、トロトが全速力のまま激突。球形の胴体が叫び声とともに吹っ飛んだ。ハルト人の頭上をこえ、空中で一回転して、三十メートルほどはなれた木のなかにつっこむ。

キルルは怒りの声をあげながら枝をかきわけ、地面におりたった。

トロトはさらに数百メートル突進し、巨大ロボットの残骸につっこんだ。手足をのばして減速し、反転して、体勢をたてなおす。その巨体が、黒く煤《すす》けた鋼とプラスティックの山の手前にはっきりと浮かびあがった。

「やってくれたな」と、キルルが吠える。「殺してやろう」

アニーはトロトが走行アームをおろすのを目にした。

「安全な場所に逃げるわよ！」と、急いで叫ぶ。

彼女は高さ十メートルほどの岩のかげに向かって駆けだした。マルレットと狩猟者もあとにつづく。両者が激突したときの衝撃音は、まだ全員の耳にのこっていた。このあとどうなるかは想像がつく。

三人が岩を半分ほど登ったところで、トロトが接近してきた。三つの目を大きく見開いている。意識して敵を探すかれの前に、キルルがわざと立ちふさがった。ハルト人は咆哮し、腕をひろげ、頭をさげた。雄牛のように突進。

キルルは触手をひろげて待ちうけた。巨大ロボットとの戦いに勝ったことで、自分は無敵だと信じきっている。ハルト人の十倍以上も大きな敵を倒したのだ。しかも、ロボットは要塞のように武装していた。

こんな小者など、よけるまでもない。

キルルは自信たっぷりに笑い声をあげた。

「おまえを殺す。わたしに挑んだ者すべてを殺してきたように」

トロトはなんの感銘もうけていない。石が後方にはじきとばされ、さらに速度があがった。

「よけてください！　死んでしまいます」キキューが不安そうに叫ぶ。

「記録しろ」キルルは笑いながら命じた。「あとでこの戦いのことをじっくり読めるように。宇宙はわたしが何者なのかを知らなくてはならない」

キキューは返事ができなかった。トロトとキルルが大音響とともに激突したから。アニーは恐怖の悲鳴をあげた。心情的には、ハルト人を応援したい。ずっと親しんできたから。イホ・トロトはテラの歴史における伝説的な存在だ。人類が居住する惑星の子供ならだれでも、トロトのことを知っている。ハルト人の冒険を題材にした物語は、テレビでたくさん放映されていた。だから、その肉体的・精神的能力はよくわかっている。一方、キルルの戦いを見てきて、その能力の高さもわかっていた。だからこそ、トロトが勝てるとは思えない。

アニーはキルルがハルト人を殺すだろうと思った。ほかのあらゆる敵を殺してきたように。

彼女とマルレットとトムとキキューは、キルルがまたはねとばされると予想した。だが、それは間違いだった。

両者はすさまじい勢いで激突したが、トロトは相手を地上から一、二メートルしかはねあげられなかった。触手がからだに巻きついている。両者はもつれあって地面に倒れた。トロトが四つのこぶしでキルルをめった打ちにする。名声をもとめる敵は触手で応戦し、危険な角を相手に向けた。

うまくいかないとわかると、キルルはハルト人の頸に触手を巻きつけ、絞め殺そうとした。そのあいだも両者ははげしく動きまわり、木の幹にぶつかっては小枝のようにへし折り、岩にぶつかっては風化でもしていたかのように粉砕した。

キキューも女ふたりと狩猟者がいる岩の上に逃げてきた。目を皿のようにして戦いを見守り、記録をとっている。

組みあっていた両者がいきなりはなれ、数歩ずつ後退した。キルルが直径一・五メートルほどの岩を高々と持ちあげ、ハルト人の頭めがけて投げつける。

トロトは立ったまま、待ちうけるように頭をあげた。

アニーは思わず膝をついた。岩がハルト人の頭を直撃する。

トロトが吠えるような笑い声をあげた。

「待っていろ、ちび。いま、目にもの見せてやる」

衝撃などまったく感じていないようだ。

敵に肉薄し、まるい胴体にこぶしを打ちこむ。あまりに速すぎて、腕の動きが見えないくらいだった。キルルの胴体は巨大な鐘のような音を響かせ、トムと女ふたりは耳をふさいだ。

キキューが岩から跳びおり、駆けだしていく。

トロトは敵と正対し、ためらいなくこぶしを雨あられと打ちこんだ。キルルが地面に落ちていた斧をひろいあげても、戦術を変更しない。斧が音をたてて頭に打ちおろされたが、トロトはびくともせず、逆に斧のほうが曲がってしまった。キルルが怒りと失望の声をあげる。

戦う二名はあちこちを移動し、観客が見守っている岩のすぐ下で殴りあったかと思うと、一キロメートル以上はなれた場所でとっくみあったりもする。

やがて両者は煙をあげる巨大ロボットの残骸のまんなかで、マシンから剥がれおちた鋼の破片を手にしてにらみあった。その強力な武器を使って、たがいに相手を切り刻むか、刺し殺そうとしている。金属がぶつかる音が響き、火花が散った。

「目がどうかしたのかしら？」アニーがとまどったようにいう。「ふたりのまわりにエネルギーのオーラが見えない？」

「たしかに」トムが驚いて答えた。「わたしも気がついた。どちらも輝くエネルギーにつつまれている」

たしかに、キルルの球形の胴体からなにか光るものが流れでて、戦っている両者にまとわりついていた。同時にキルルの胴体がしぼんでいくのもわかった。巨大ロボットとの戦いでとりこんだエネルギーを、吐きだしているようにも見える。

一方、トロトのほうも戦いで消耗しているようだ。打撃の速度が遅くなり、威力も弱くなっている。

突然、キルルが武器にしていた金属片を投げすて、ハルト人のうしろをとった。上の腕の一本をつかみ、背後にねじまげる。岩の上の観客たちのところにまで、関節の折れる音が響いてきた。トロトが手にしていた金属片が、音をたてて岩の上に落ちる。

「だめよ」アニーが悲痛な声をあげた。「そんなの、だめ。イホ、身を守って」

ハルト人は苦痛の咆哮をはなち、後方に倒れこんだ。また関節が音をたてる。走行アームが敵の両脚をつかみ、転倒させた。キルルがトロトの上にのしかかる。ハルト人は相手の頭部をつかんだ。

キルルはここで致命的なミスをおかした。

ハルト人の手から逃れようとして、頭部を胴体からはなしたのだ。細い頸があらわになる。トロトは一瞬のチャンスを逃さなかった。四本の手でその頸をつかみ、渾身の力でひっぱる。

キルルは懸命に抵抗した。

抵抗は何度か成功し、短いあいだだが、空気をむさぼることができた。

「キキュー」と、その隙に呼びかける。「これは記録するな。書いたものはすべて破棄しろ。なんという恥さらしだ！」

記録係がもうとっくに近くにいないことには気づいていない。

マルレットがいきなり立ちあがった。全身が震えている。

「やめて、イホ！　殺すことはないはずよ」

キルルはもうトロトの手を逃れることができなかった。頭部がふくれあがる。いまにも死ぬと思えたとき、セト＝アポフィスが未来からアルキストの地表に投げこんだほかの物質と同じことが、かれの身にも起きた。その姿が消えはじめる。

トロトはすぐに、なにが起きているのか気づいた。

キルルから手をはなし、後退する。

キルルはゆっくりと立ちあがった。大きくよろめき、息づかいは荒く、苦しそうだ。

「負けた」と、弱々しくつぶやく。「苛酷な戦いだった。わたしは負けたのだ」

そのからだが完全に消滅。

トロトは地面にすわりこみ、腕と脚をのばした。女ふたりと狩猟者は、かれが消耗しきっているのを見てとった。

ハルト人は生涯はじめてといっていいくらい疲労困憊していた。戦闘が終わったいま、肉体はまた変成し、血と肉のからだにもどっている。この構造転換は、意識しなくても本能的に実行される。

トロトは戦いを振りかえった。

幸運だった。

あれは歓迎すべき敵だった。自分の能力を最大限にひきだす機会をあたえてくれたおかげで、一種の衝動洗濯ができたのだ。あれほどの強敵ははじめてだった。あそこまで追いつめられたことはなかったし、最後の瞬間にキルルの弱点をつかむことができなかったら、勝負はどうなっていたかわからない。

自分のなかの異質な存在は、完全に撤退していた。もうそれを感じない。

いまの戦いで、完全に振りはらうことができたのだろうか。トロトはそうであることを願った。

＊

アルキストからの退避作業はつづいており、二隻めのツナミ艦も着陸した。

ペリー・ローダンは未来から投げこまれた土石を、可能なかぎり、分子破壊砲でつぎつぎに処分させた。それにより、近傍の星系から集めた退避用の船の着陸場所を確保する。それまで瓦礫の下に埋もれていて、防御フィールドで身を守っていた小型艦船も、スタートできるようになった。

急遽《きゅうきょ》、防御フィールド・トンネルが用意され、数千人の入植者が準備のできた宇宙船に乗りこむ。商館のべつの場所では、未来からの土石が次々に出現していた。

退避者の大部分は、恒星間航行に適さない宇宙船に乗ることになった。その多くは、灼熱惑星アルキスタルでロボットが採掘した資源をアルキストに運ぶ、惑星間資源運搬船だ。避難者たちは惑星間空間で待機することになる。ローダンとアルガー・スターバルは、アルキストの住民をできるだけ早く大型船に収容し、とりあえず未来から土石が降ってこない、安全な星系に移送することで合意していた。

スターバル指揮下の全船を住民の脱出に使わせることが決まると、ローダンは《ツナミ36》におもむき、両ツナミ艦のスタートを命じた。

「時間転轍機を破壊する」と、《ツナミ36》のエルトルス人艦長、ガルガン・マレシュに告げる。

マレシュは薄いブルーのコンビネーションを着用し、胸には白いリングにかこまれた赤い三角形の記章をつけていた。ツナミ艦がアルクス星系をはなれると、かれはひとさし指でそのリングをなぞった。

「われわれなら、宇宙ハンザ船団のほかの船よりも大きな成果があげられると思われますか？」と、ローダンにたずねる。

「そう願いたいな」ローダンはそう答えたが、とくに楽観している印象はなかった。

しばらくして、あらたな時間転轍機を発見したとの通信がはいる。大マゼラン星雲からそう遠くないポジションで、トルペクス商館の管轄内だ。

これで、五つのうち三つを発見したことになる。ローダンがめざすのはM－13に存在する転輸機である。

時間転輸機が見えてくると、ローダンは《ツナミ36》の司令室にはいった。《ツナミ36》と同行する《ツナミ97》は、目標から二十万キロメートルの距離にいた。両艦は速度を落とし、ゆっくりと目標に接近。それは巨大な、一端がふたつに分岐したレールのような形状だった。

測定結果を見ると、全長は二十キロメートルあるらしい。Y字に分岐した先端の距離は十キロメートルほど。メイン・スクリーンにうつるその姿は、近傍の恒星の光をうけて、金メッキされたように輝いていた。

ローダンはツナミ艦の計器にちらりと目を向けた。まだ正常な数値を表示している。だが、これ以上接近すれば、そうはいかないとわかっていた。数値はでたらめになり、《ツナミ97》との通信もほとんど不可能になるはず。

時間転輸機は時速八千キロメートルで宇宙空間を移動している。進行方向にあるのは星々のあいだの虚無空間だ。

ローダンはジェン・サリクから聞いた、見たこともない異質な宇宙船が時間転輸機のまわりにいたという話を思いだした。考えるまでもなく、セト＝アポフィスが送りこんだものだろう。

「ATGを使って攻撃しますか?」ベリル・ファンセがたずねた。宇宙ステーション生まれの黒髪の美女で、マシンのあつかいがうまく、ATGの専門家である。

「ためしてみるべきだろうな」と、ローダン。「居住者のいる惑星にこれ以上、時間転轍機を使って物体を投げこませるわけにはいかない」

転轍機のふたつの末端からは間断なく電光が飛んでいる。未来の惑星から集めた、けっしてまともに物質化しないものを、アルキストにさらに投げつけようとする兆候だった。

「この時間塵の投擲《とうてき》を終わらせる」ローダンが決然といった。「本格的なカタストロフィが起きる前に」

マレシュ艦長に目を向ける。

「攻撃システムの準備を」

エルトルス人は命令にしたがった。

いくつかボタンを押すと、かれの前の制御卓に次々とランプが点灯した。

ローダンはこれまでの攻撃の結果にかかわらず、すべての武器をためしてみるつもりだった。時間転轍機がどんな防御をしているのか、まだわかっていない。かれは経験上、防御システムがいきなり無力化することがあるのを知っていた。それまでやすやすとしりぞけていたはずの攻撃に、急に対応できなくなるのだ。

両ツナミ艦が時間転轍機に接近。

ローダンは二十キロメートルほど手前で、宙雷の発射を命じた。

細長い宙雷がツナミ艦をはなれ、闇のなかに突進していく。探知スクリーンに明瞭なシュプールが表示された。

時間転轍機まで五キロメートルほどのところで、それが消滅。

両ツナミ艦はインパルス砲を発射した。インパルス波動が輝く物体に向かっていく。分子破壊砲のグリーンの光条も宇宙の闇を切り裂いた。ローダンは要員の存在を考慮して麻痺砲も発射させ、さらにトランスフォーム砲でも攻撃した。

ローダンの前の制御卓上に、ちいさな人影があらわれた。

シガ星人のココ・エンジニア、ラッソ・ヘヴァルダーが、挑発的な態度で立っている。

「このまま何時間も攻撃をつづけることはできますがね」

「いつでもやめられる」ローダンはおちついていいかえす。

シガ星人はとまどった顔になった。

「わたしの助言を聞くつもりはない、と？」

ヘヴァルダーは《ツナミ36》の四十二人の乗員のなかで、ひときわ重要な存在だった。

ツナミ艦の乗員が四十二人とすくないのは、ポジトロニクスがつねに艦の機能を監視し、操作しているからだ。これとはべつに、完全に独立した第二のポジトロニクス、コントラ・コンピュータが存在する。この第二システムは、第一システムの予備として作動するだけでなく、もっとはるかに重要な使命もになっていた。艦の指導部がとった処置につき、反対条件下ではどうなるかを、つねに計算しているのだ。

そのため、コントラ・コンピュータはつねにあらゆる処置を疑い、まず起きるはずのない状況を想定する。そこから得られる結論は、明白でない危険の存在にもとづいて計算されたものだ。状況が平穏に推移するかぎり、ココは沈黙している。警告を発するのは、ルーチン作業の進行中、起きそうになかった危険の発生が不可避になってからだ。このために、ココの基本プログラミングに精通した専門家が同乗している。ヘヴァルダーは《ツナミ36》におけるココ判読者だった。かれが報告してきたら、艦の指導部は方針の見なおしを考える必要がある。ただ、このシガ星人は、直言ではなく謎めいたい方を好むところがあった。

ローダンには謎の答えを考えたり、ココ判読者の気まぐれにつきあったりする気はなかった。当面、時間転轍機を破壊する方法はないらしいと感じる。セト＝アポフィスの転送システムの防御を突破しようとしたのは、これが最初ではないから。

ヘヴァルダーは軽くあしらわれたと感じた。

一スイッチの上に腰をおろす。スイッチは動かない。

「時間転輸機の周囲に電磁的妨害フィールドを展開することも、ATGを作動させることもできますよ」と、驚くほど冷静に提案する。「ただし、なんの意味もなかったとなる可能性も高い。現在の武器では、これ以上どうにもなりません」

「では、どうにかなる提案をたのむ」と、ローダン。「きみの考えは？」

シガ星人は胸の前で腕を組んだ。

「スチールヤードでの危機対策会議です」

ローダンは目をしばたたいて、ココ判読者を見つめた。そんな答えは予期していなかったのだ。時間転輸機のバリアが万能かどうかたしかめるため、ATGを利用する、といった案が出てくると思っていた。

「なるほど、理性的な提案だ。だが、もうひとつだけためしてみたい。ベリル、きみの出番だ」

「むだですよ。撃退されるだけです」シガ星人が憤然という。

ATG専門家は笑みを浮かべただけだった。いずれ自分の出番がくると、彼女にはわかっていたのだ。

7

アルキストでは、トム・バレットが女ふたりを自分のほうにひきよせていた。

「行くぞ。ずらかるんだ」

あとずさりしてハルト人からはなれる。イホ・トロトは岩の上に横たわり、音をたてて酸素をとりこんでいた。

アニー・ヴォルシェインとマルレット・ベルガがためらっていると、狩猟者はふたりの腕をつかんでひっぱった。

「関わりあいになりたいのか？　ハルト人が回復する前に、姿を消さないと」

「どうして？」と、マルレット。

「衝動洗濯だ。わからないか？　そうでなくて、どうして戦ったりする？」

「そうなの？」マルレットがよくわからなさそうにたずねる。

狩猟者はアニーと視線をかわした。ひそかに笑みを浮かべると、突然、ふたりのあいだにそれまでなかったものが通いあった。そろって向きを変え、岩のあいだを走りだす。

マルレットもそれにつづいた。納得したわけではなく、ひとりとりのこされるのが恐かったから。

数分後、三人は木々の繁茂する場所に到達した。トムは振りかえった拍子に、落ちていた枝につまずいて地面に倒れた。

そのときようやく、イホ・トロトが追ってきたことに気づく。

不安そうに、身がまえてハルト人を見やる。女ふたりはもう足をとめている。相手は二十メートルほどうしろから、気軽なようすで接近してきた。

「ハロー、ちびさんたち」ハルト人はそういって、尖った歯をむきだした。逃げても無意味だ。「驚かせてしまったかな？」

そびえたつ巨体が狩猟者と女ふたりに笑いかけた。

「ハロー、イホ」アニーがおずおずと声をかける。「イホだと思うんだけど、そうよね？　イホ・トロト？」

「もちろん。わたしはイホ・トロトだ」

トムとマルレットも手をあげて挨拶する。どちらもアニー同様、半信半疑だった。さっきまでの戦いをおぼえていたから。自分たちなら地面から数センチメートルも持ちあげることができないような金属片を振りまわす姿を目撃し、そのこぶしがキルルの球形の胴体を打ちすえる音を聞いている。

三人はトロトを恐れていた。

「どこに行くのだ？」トロトが轟くような重低音でたずねる。

「アルキスト・パークに」と、アニー。「この惑星から脱出したいの」

「いい考えだ。わたしもそうしよう。同行させてもらう。では……行こうか」

トムも女ふたりも、反論できなかった。なにをいえばよかったのか？ イホ・トロトは人類の友ではないか。信頼に値《あた》いしないと？ どんな理由で同行を拒否できる？

「くそ」狩猟者が小声で毒づいた。三人は楽しそうにうなり声をあげるハルト人より、二キロメートルほど先行していた。「キルルがいなくなったと思ったら……こんどはこれだ」

「危険があると思う？」マルレットが不安そうにたずねる。

「わからないが……たぶん」

狩猟者は女ふたりの先に立ち、小道を通って岩棚に出た。目の前に、商館が設置されているひろい谷がある。だが、いまはほとんどなにも見えないに等しかった。土石が目《め》路《じ》のかぎり、すべてをおおいつくしている。途中にいくつか平坦な場所があり、宇宙船がスタートするのが見えた。着陸してくる宇宙船もある。

「避難がはじまってるわ」アニーがいった。「急がないと、置き去りにされるわよ」

彼女は小道を駆けおりた。トムとマルレットとハルト人もそれにつづく。トロトはひどく不注意で、小道に転がっている岩に何度も衝突した。はねとばされた岩が、狩猟者や女ふたりのそばをかすめることもある。

とうとうトムが足をとめ、息を荒らげながらいった。

「もっと注意してほしい。われわれを殺すつもりか？」

トロトは地面にすわりこみ、申しわけなさそうに腕をあげた。

「すまない、ちびさん」その声はあまりにも大きく、トムは驚いて耳を押さえた。「気をつけよう。念のため、すこし先に行ってくれ」

トロトは小道に転がっていた、頭ほどの大きさの岩を手にとり、谷に向かって投げすてた。それがかなり遠くまで飛ぶのを見て、狩猟者は驚嘆した。

女ふたりのところまで駆けていき、振りかえる。トロトはかれらを先行させるため、同じ場所にすわりこんでいた。三人は谷底に到達し、土石の山に登った。

二十メートルほど登ったところで、トロトが切迫したようすで小道を駆けおりてきた。

「あれが聞こえるか？」と、ハルト人が叫ぶ。

三人は足をとめた。

「なんのことだろう？」ハルト人が谷底に到達すると、狩猟者がたずねた。

「上から宇宙港を見ていてわかったのだが、最後の宇宙船がスタートしようとしている。だれもテレカムを持っていないのか？」

「持っていたら、とっくに助けを呼んでるわ」アニーが腹だたしげに答える。そのあと、指を鳴らして周囲を見まわした。

岩棚から下を見たときは、いまいる場所から先のようすは見えなかったから、そうひどい状況ではなさそうに思えた。だが、土石の山の上から見ると、大きな岩や瓦礫がごろごろしていて、進むのは大変そうだ。岩を登ったりおりたり、迂回したりする必要がある。通行不能な深淵が、いきなり口を開けることもあるだろう。この状況では、目的地到達までに一日や二日はかかってしまう。それまでに宇宙船はすべてスタートしてしまっているだろう。

「助けが必要だわ」と、アニー。「あなたのような人の助けがね、イホ」

ハルト人は居ずまいを正し、笑い声を響かせた。

「船まで走っていって、助けを呼んでこよう」と、約束する。だが、アニーにはまだ不安があった。キルルと戦う前のようすや、トムの言葉が気になっていたから。

トロトは正常ではなかった。いつまたおかしくなるかわからない。トロトが事情を忘れてしまったら、自分たちだけがとりのこされてしまう。

「いっしょにいてくれたほうが心強いわ。すこしでも速く移動できるように、手をかしてほしいの」

トロトはすこしだけ考えた。

「わかった。きみのいうとおりだ。きみたちの存在を忘れてしまうかもしれない」

アニーは青くなった。

トロトは思考が読めるのか、と、自問する。

彼女は首を横に振った。

ハルト人にテレパシー能力はない。だが、きわめて知性の高い種族だ。こちらの態度を見て、考えを見ぬいたのだろう。

トロトは気軽な調子でアニーの横を通りすぎ、三十メートルほど先行した。岩の上で足をとめ、三人が追いつくのを待つ。

その先には大きな亀裂がはしっていた。幅十メートル、深さは五十メートルほどもあるだろう。迂回しようとすれば、一キロメートルはよけいに歩かなくてはならない。

「跳びこえられる？」と、アニーがたずねた。

トロトは笑い声をあげた。

「問題ない」そういってアニーに背中に乗るよううながし、走行アームをおろす。

アニーが背中によじのぼるあいだ、トロトは内面の声に耳を澄ました。不安をかくしつづけるのに疲れてきていた。

わたしを長く支配していた異質な力はどこに行った？　完全にいなくなったのか？　異人と戦っているうちに出ていった？　自分でも気づかないうちに、追いだせていたのだろうか？　それともまだ内部のどこかに身をひそめ、こちらに自由な行動をさせながら、時機をうかがっているのか？

トロトは葛藤していた。

一方には、アルキストの原野のどこかに逃げこんでしまいたい思いがある。他方、友たちのことも気になった。とにかく、できるだけ早く宇宙船か通信ステーションにたどりつき、地球と連絡をとりたい。ペリー・ローダンにいまの自分の状態と、異質な力のことを伝えたいのだ。それにはまず、宇宙港に到達しなくてはならない。

女ふたりと狩猟者を置いて単身で疾走すれば、目的地にはすぐにつけるだろう。だが、その場合、三人は宇宙港到着が遅れ、アルキストに置き去りにされる。それはかれの望むところではなかった。トロトは三人を保護する責任を感じていた。かれらは無力で、助けを必要としているから。

短い助走をつけ、楽々と亀裂を跳びこえる。アニーをおろし、マルレットと狩猟者も対岸にわたした。

「わたしのことを不安に思う必要はない。きみたちといっしょにいた異人とは戦ったが、きみたちと戦うつもりはない。ちびさんたち、信じてもらいたい」

「そうするわ」アニーは疑ったことを恥じていた。

イホ・トロトは善良で、人類の友だと知っていたはずでしょ？　どうして疑ったりしたの？

その答えはわからなかった。このハルト人に、なにか不安なものを感じたのだ。

自分が思っていたイホ・トロトとは違う態度をとっていなかったか？

こちらに助けをもとめるようなところがなかったか？

ばかげてるわ！　彼女はそう思い、考えをべつのほうに向けた。

黒雲が頭上にかかり、すさまじい雷雨になった。雲のなかでつづけざまに電光がひらめき、雷鳴が間断なく轟いて、狩猟者とアニーとマルレットが話をするのは不可能になった。トロトの声だけは、どんな騒音にも負けずに聞こえてくる。

ハルト人のおかげで、行程は以前よりもはるかにはかどった。トロトは何度も三人を助けて、大きな障害物を乗りこえさせた。

いかにも危険そうなロボット数体の攻撃をうけたときも、トロトが真っ先に突進し、敵をおもちゃのようにつかみあげて投げすてた。そのあと満足そうな笑い声をあげ、先を急ぐよう三人をうながす。かれらは安堵のため息をついた。ハルト人がいなかったら、生きていられたかどうかわからない。

雨脚はますます強まり、視界は最悪だった。二十メートル先もよく見えないくらいで、アニーは宇宙港に向かっているのかどうか、自信が持てなくなった。

「心配ない」と、トムがなだめる。「トロトはわかっている。その点は信用していい」

ときおり電光が闇を切り裂く。その光で、アルキストから人々を脱出させるための宇宙船が見えた。最初は五隻で、どれもまだスタートの準備を終えていないようだった。そのあと十分ほど闇がつづき、遠くで雷鳴が聞こえた。次に稲光が連続したとき、着床にいるのは三隻だけだった。その数分後、船は二隻になっていた。

「船にたどりつくまで、あと一時間はかかりそう」と、アニー。「まにあわないわ」

「イホが先に行って、報告すべきだわ」マルレットが甲高い声でいった。不安のあまり、パニックになっている。「グライダーでひろってもらわないと、たどりつけない」

「わかった」と、ハルト人。「ここで待っているんだ、ちびさんたち。すぐにもどる」

トロトはもう走りだしていた。三人はその姿が闇のなかに消えていくのを見送った。姿が見えなくなったあと、しばらくは岩をはねとばす音が聞こえていたが、やがてそれもしずかになり、あとは雨音がつづくだけだった。

「ここにいたほうがいいわね。進んでもしかたないわ」

アニーはそういい、岩が重なってできた洞窟のような場所を指さした。そこなら雨にあたらずにすむ。マルレットと狩猟者も反対はしなかった。ふたりともずぶ濡れで、強行軍に疲れきっていたから。三人は無言で岩の隙間に這いこんだ。

トムが岩の上に腰をおろす。マルレットはためらった。岩の上にはふたりがすわる余地しかなく、自分がいっしょにすわっていいのかどうか、自信がなかった。だが、ほかに居心地のよさそうな場所は見あたらない。彼女が考えているうちに、アニーが当然のように狩猟者の横に腰をおろした。マルレットは失望と怒りでアニーをにらみつけたが、相手は無言の抗議にまったく気づかなかった。

半時間ほどして、イホ・トロトがいきなり姿をあらわした。

「残念ながら、まにあわなかった」と、暗い声でいう。「宇宙船はスタートしたあとだった。あとはスペース＝ジェットが一機のこっているだけだ」

「それで充分でしょう？」と、アニー。「それとも、なにか問題があるの？」

「そのスペース＝ジェットは、どうして使われなかったんだろう？」トムがたずねる。

「掘りださなくてはならないからだ」ハルト人が答えた。

三人は顔を見あわせた。トロトがショックをやわらげようとしたのか、土砂に埋もれた宇宙船を掘りだして飛ばせると本気で思っているのか、判断できなかった。

「ひきかえすべきだと思う」と、トム。「わたしの家に滞在すればいい」

アニーは笑った。

「あなたにとってはいい話よね。女がふたり、あなたをめぐって争いあうんですもの。わたしはスペース＝ジェットのほうを選ぶわ。完全に壊れてはいないかもしれない」

「スタートできないと思うのか？」トロトが驚いてたずねる。

「わたしはトムと行くわ」アニーがハルト人に答える前にマルレットが宣言し、狩猟者にすがりついた。

「とにかくまず、スペース＝ジェットの状態を見てみよう」トムはそういって、マルレットをがっかりさせた。「だめそうなら、そのあとうちに行けばいい」

「まだぶじかどうか、わからないわよ」アニーがからかうようにいう。

まるでセト＝アポフィスがその不安を煽《あお》ろうとしたかのように、またしても時間塵がアルキストに降りそそいだ。轟音とともに高原が土石に埋まっていく。巨大な岩が電光に浮かびあがり、谷の急斜面に激突した。

「行くぞ」トロトがうながした。「急がないと、手遅れになる」

三人を急《せ》かす必要はなかった。降りそそぐ時間塵を見て、すこしでも早く目的地に到達しようと、いっせいに駆けだしたから。

ハルト人は先頭に立って、いちばん通りやすい道を先導した。それでも人間には楽な道ではなく、こえられそうにない場所では手をかして先を急がせた。

二時間ほど強行軍で進むと、岩に押しつぶされた下に、ねじまがった金属が見える場所に出た。ここが目的地だとハルト人にいわれ、三人は立ちつくした。

「スペース＝ジェットはこの下なの？」アニーが失望したようにいう。

「これではもう残骸だ」と、トム。「岩に押しつぶされている」

「そうでもない」トロトが大音声《だいおんじょう》で答えた。「この下には格納庫が埋まっている。倒壊がここまでですんでいるなら、なかのスペース＝ジェットはほぼ無傷だろう」

「そうだとしても、どうにもできないわ」と、マルレット。「これだけの岩は動かせない。クレーンでもあればべつでしょうけど」

「もちろん、そんなものはない」トロトが大声で笑い、そばにいたアニーは思わず両手で耳をふさいだ。「岩はわたしがどける。その点は問題ない。ここにきみたちを連れてきたのは、スペース＝ジェットを掘りだしたあと、すぐにスタートするためだ」

トロトは岩を動かしはじめた。まるで発泡材でできているかのように軽々と持ちあげ、わきにほうりだしていく。

打ちのめされ、変形した格納庫が一時間少々で掘りだされるのを、三人は目をまるくして見守った。ななめにかしいだ屋根の下から、スペース＝ジェットが姿をあらわす。たしかに、多少のかすり傷がある程度だ。アンテナは折れ、外側投光器も壊れていたが、それ以外の損傷は見あたらなかった。

三人は機内にはいり、各種システムを点検した。そのあいだにトロトは格納庫の屋根を手ではずしてわきに押しやり、スペース＝ジェットがスタートできるよう、頭上の空間を確保した。

最後にトロトも乗りこんでエアロックを密閉し、荒い息をしながら床にすわりこむ。ハルト人は疲労困憊していて、休息が必要だった。それでもすぐに回復し、数分後には司令室に向かう。そこへつく前に、機体が大きく震動した。スペース＝ジェットがスタートしたのだ。

トロトが司令室にはいると、マルレットが操縦席にすわっていた。トムは通信装置の前で、テレカムを修理しようとしている。アニーだけはなにもしていなかった。宇宙船の技術に関する知識はないらしい。

「テレカムはだめだな」狩猟者がいった。「作動すれば、アルガー・スターバルやほかのだれかに連絡できたんだが」

そのとき突然、異質な力がふたたびあらわれた。

トロトは輝く霧が頭のなかにかかるのを感じた。黒い壁がおりてきて、自分がなにをしているのかもわからなくなる。

異質な力がひいていき、ふたたびわれに返ったとき、スペース＝ジェットは宇宙空間に出ていた。

ハルト人は司令室内を見まわした。

三人が床にうずくまり、一コンソールのかげに身をかくしている。通信装置には大きな穴があき、内部のケーブルやモジュールがのぞいていた。外装材のへこみぐあいから、強力な打撃をうけた結果だとわかる。

自分がやったとしか考えられなかった。

損傷はそれだけではない。通信士用シートが台座からもぎとられ、司令室の床に転がっていた。シートというより、くしゃくしゃにまるめられた紙のようだ。

トロトは操縦装置に向きなおった。

装甲キャノピーごしに、アルキストが遠くなっていくのが見える。探知スクリーンには数隻の宇宙船と、無目的に漂ういくつもの巨岩が表示されていた。

8

《ツナミ36》が大きく揺れた。

ペリー・ローダンはハーネスにひきもどされた。警告ランプが次々に点灯し、天井からは警報音が鳴りひびく。《ツナミ36》は震え、ハッチが大きな音をたて、艦がばらばらになるのではないかと不安を感じるほどだ。艦体がねじれ、旋回しているらしい。空間認識がおかしくなる。

エルトルス人艦長のガルガン・マレシュがシートから立ちあがった。

ローダンの前にある制御卓の上には、シガ星人のココ判読者、ラッソ・ヘヴァルダーの姿がある。伸縮性の命綱をレバー二本に結びつけているため、あちこちに振りまわされて、まるで紐につながれた小鳥のようだ。グリーンに輝く頭部がオレンジほどの大きさになっている。いまにも破裂しそうだった。

黒髪のATG専門家、ベリル・ファンセがなにか叫んだが、ローダンにはなんといったのかわからなかった。その声はハルト人の声よりも低く、ポジトロニクスで百倍に増幅したように大きい。

計器に目を向けると、およそありえない数値が表示されている。マイクロ波探知スクリーンのひとつには《ツナミ97》の艦影が画面いっぱいに拡大されているが、その横のスクリーンではちいさな光点でしかない。《ツナミ36》からの距離は十万キロメートルの範囲内だ。

別のスクリーンには金色に輝く時間転轍機がうつっていた。のこりの画面はどれも妨害され、なにがうつっているのかわからない。

やがてノイズは徐々におさまり、映像が正常に復した。ベリルの声ももとにもどる。

「幸運でした。時間転轍機の防御バリアの表面をかすめたようです。ばらばらにされていても、不思議はありませんでした」

「もしも次があるなら、そのときはわたしの言葉に耳をかしたほうがいい」ヘヴァルダーの頭部も、もとどおりになっている。「そうすれば、いまのような事態は避けられるはず」

計器の数値が正常値に近づき、警報も鳴りやんだ。《ツナミ36》の艦内は常態にもどりつつあった。

ベリルは額の汗をぬぐった。

「わたしの声になにが起きたんでしょう？　まるでハルト人になったみたいで。あれほど強大ではなくても、とても太い声でした」

彼女に注意を向ける者はいなかった。いまの衝撃を克服しようと、だれもが自分のことに忙しい。ローダンは間一髪でカタストロフィを回避したのを感じていた。

どうしてこんなことになったのか、と、自問する。

《ツナミ36》はかれの命令で、探知も視認もできないバリアによって攻撃がすべて失敗した領域に、ごく低速で接近した。バリアに衝突しないよう、細心の注意をはらったつもりだ。ポジトロニクスの計算では、艦は押しもどされるか、最悪でもコースをそらされるだけですむはずだった。

この作戦に対して警告を発したのは、ココ判読者のヘヴァルダーだけだった。ただ、代案の提案はなく、時間転轍機への接近命令はそのままになった。

その後、ツナミ艦はなんらかの力にとらえられ、加速させられた。その結果、バリアに接触したのだ。幸運にも側方に押しやられただけで、カタストロフィはまぬがれたが。

「だれか提案がある者は？」ローダンはおちついた声でたずねた。「どうやって時間転轍機に到達するか、思いついた者はいないか？」

ヘヴァルダーを見る。

シガ星人は首を横に振った。

ローダンの視線がマレシュ艦長にうつる。

エルトルス人は降伏するように両手をあげた。

ハイパー物理学者のハンス・ハルセンも、時間転輸機に接近する方法は思いつかない、と、身振りでローダンに伝えてきた。ベリルはぼんやりとローダンを見ているだけだ。オクストーン人のドルウトも、解決策は思いつかないらしい。

《ツナミ36》は各種の武器で時間転輸機を攻撃しただけでなく、ゾンデや無人調査船をその近くまで送りこんでもいた。だが、それらも最後の手段であるATGと同じく、すべて失敗していた。

「現状では、時間転輸機に到達したり、内部に侵入したりといったことは期待できない」と、ローダン。「これまでにためしたことは、すべて効果がなかった。いったん太陽系にもどろうと思う」

「だからそういったんです」と、シガ星人。

ローダンは疲れた笑みを浮かべた。

「きみのいうとおりだったな」

立ちあがり、無間隔移動で太陽系に帰還することにする。スチールヤードの危機対策会議を招集するのだ。

セト＝アポフィスはまだ時間転輸機の試運転中だという確信があった。コンピュータ悪性セルのときのような解決策は、発見できていない。問題は、セト＝アポフィスがいつ、いまある五つ以外の時間転輸機を設置し、攻撃を開始するかだ。次の標的は地球か、コスミック・バザールになるだろう。

ローダンは両ツナミ艦の乗員たちに別れを告げた。

＊

「恐がらなくてもいいんだ、ちびさんたち」イホ・トロトはなだめるようにいい、女ふたりとトム・バレットのほうに手をのばした。「なにが起きたのかわからない。きみたちになにか……ひどいことをしたか？」

ハルト人ははげしく自分を責めた。通信装置とシート以外にも、なにか破壊したのではないかと気にしてもいた。この三人といっしょにいることはできない、と、自分にいいきかせる。

地球で大暴れして、美術展にとてつもない損害をあたえたことを思いだす。それでもあのときは、まだ意識の一部がのこっていて、まるで他人の目を通して見るように、一部始終を眺めていた。

とめられないまでも、自分のしていることはわかっていたのだ。

だが、今回は意識がブラックアウトした。

もう理由はわからない。

いまにもまた意識を失い、暴れだすのではないかという恐怖があった。

「どうしてスペース＝ジェットをこのコースにセットしたの？」アニー・ヴォルシェインがたずねた。「避難者を乗せた船のもとに行くはずだったのに。このコースでは、アルクス星系からはなれられないわ」

「スペース＝ジェットのエンジンでは、星系外に出られないし」狩猟者が付言した。

トロトは計器に目を向け、

「もうひとつの惑星に向かっているのだ」と、応じた。

「それでは意味がないのよ」アニーが意を決して指摘する。「アルキスタルは生命の存在しない灼熱惑星で、わたしたちは生きていけない。なんとしても、目的地を変更しないと」

「アルキスタルに向かう」ハルト人の口調は有無《うむ》をいわせないものだった。

そんな自分自身にトロトはとまどい、内心の声に耳を澄ました。

灼熱世界に、なんの用がある？

わからなかった。かれを部分的に支配している異質な力が、そこに行けと命じているにちがいない。他者に行動を指示されるのはもうたくさんだったが、たちむかう勇気もなかった。またブラックアウトさせられては困る。

自分の怪力は承知していた。スペース＝ジェットの司令室で暴れだしたらどれほどの損害が生じるか、見当はつく。さっきの発作では、たいした被害は出なかった。物的損害だけだ。だが、女ふたりや狩猟者を負傷させたら、もっとひどいことになる。

「わたしにはどうにもできない」トロトはそういうと、司令室の床にすわりこんだ。

「どうしてアルキスタルに向かうのか、理由くらい教えて」と、マルレット・ベルガ。

だが、トロトは黙ったままだ。

マルレットは恐怖におののきながら、なにが起きているのかを考えた。善良なイホ・トロトが、急に別人に変化したかのようだった。司令室で狂戦士のように暴れまわり、たまたまその前で転んだ彼女をわきに投げだしたのだ。

トロトはこぶしの一撃で通信装置を破壊し、四つの手でシートをくしゃくしゃに押しつぶした。そのあいだも大声でわめきつづけ、鼓膜が破れるかと心配したほどだった。

いま、イホ・トロトは操縦装置の前に立ち、計器を眺めている。まるで岩に変化してしまったかのようだ。ぴくりとも動かない。

マルレットはアニーとトムに目を向けた。三メートルほどはなれたところで、床にうずくまっている。狩猟者がアニーの手をとり、しっかりと握ったのが見えた。

マルレットはアニーに自分の男を横どりされたと感じた。

あの女はどうしてうちにやってきたりしたの？　アルキスト・パークでおとなしくしていれば、すべては違っていたはずなのに。

こんどはわたしとトム・バレットの仲までじゃまするつもり？

もうたくさんよ！　そんな思いがマルレットの頭を駆けめぐった。

狩猟者のそばに這いよって、隣りにすわりたかったが、いまはこの場から動くことができない。

身動きしようとしたとたん、ハルト人が腕を振りあげ、振り向いた。射ぬくような赤い目に、マルレットは心の底まで見透かされたように感じた。

どうしてトムはこっちにきてくれないの？　どうしてアニーのそばにいるの？

狩猟者はマルレットのほうを見ようともしない。

実際には、トムはイホ・トロトの動きに全神経を集中させていたのだが。

トムが感じている恐怖も、女ふたりと同じくらい深いものだった。むしろ、もっとひどいかもしれない。ハルト人が通信装置を破壊したとき、かれはそのすぐ前にいたのだから。

いまはどうやってトロトから逃げるかしか考えられない。

ハルト人が司令室にいるかぎり、スペース＝ジェットでアルキストにひきかえし、脱出船の一隻に向かうのは、不可能だろうと思えた。アルキスタルに到着するまでは、なにもできないということ。着陸したあと、ハルト人がどこかに行ってしまったら？　その場合、あとは自由だ。それとも、まだずっと司令室に居すわるだろうか？

「なんとかしないと」アニーがささやいた。

「わたしにまかせろ」トムが同じく小声で答える。トロトにたちむかうことになっても、良心の呵責《かしやく》は感じなかった。命を救ってもらったことも、関係ない。せまいスペース＝ジェットのなかにいっしょに閉じこめられ、ハルト人はなにをするか予測がつかない。重要なのはその点だった。

「イホ」アニーは声をかけたが、すぐに黙りこんだ。ハルト人が咆哮して振りかえり、彼女におちつきのない目を向けたから。

この瞬間、アニーは決意した。機会がありしだい、イホ・トロトを追いはらおう。どれほどの犠牲をはらおうとも。さもないと、トロトはもっと大きな損害をもたらすことになる。

なぜ急にイホの態度が変化したのかは、彼女にもわからなかった。

ハルト人が操縦装置に向きなおると、アニーはほっと息を吐きだした。反重力シャフトに目をやる。ほんの一・五メートルほどのところだ。彼女はトムに合図した。トムが目をしばたたき、うなずく。理解したのだ。

アニーはじりじりと床の上を移動した。ゆっくりと、慎重に、操縦装置のほうを向いた巨人に気づかれないように。下行きの反重力シャフトにたどりつき、なかに飛びこむ。彼女は音もなく司令室から下降していった。

数分後、トムがそのあとを追う。マルレットもそれにつづいた。蒼白で、不安のあまり言葉もうまく出てこないようだ。

「どうするの？」つっかえながら、やっとそうたずねる。

「アルキスタルに着陸したら、スペース＝ジェットの外に出るのよ」アニーが説明した。計画は、狩猟者ともまだ話しあっていなかった。

「ばかげてるわ」マルレットが反論する。「アルキスタルの酸素大気は薄すぎるし、気温は高くて、防護服がないと生きていけない。生存可能なのは二十時間以下で、それが過ぎたらおしまいよ。イホがスペース＝ジェットでスタートしたら、それまでだわ」

「かれがスタートすることはない」アニーがいった。「ぜったいに」

＊

イホ・トロトは深い眠りから目ざめた。スペース＝ジェットの操縦装置の前にいるが、前後の記憶はなかった。徐々に状況を思いだす。

とまどいながら、司令室のなかを見まわした。

ひとりきりだ。

自分が三人にどんな思いをさせたかを考え、苦悩のうめきを洩らす。逃げだしたことを責める気にはなれなかった。それどころか、傷つけてしまう危険がなくなり、ありがたいとさえ感じる。

いっしょにいられないことは、よくわかっていた。

スペース＝ジェットはちいさな惑星に着陸していた。ブルーの恒星アルクスに、アルキストよりもずっと近い。アルキスタルは灼熱地獄で、どんな動植物も存在しなかった。そんな惑星に三人を置いておくことはできない。生きのびるのは不可能だから。異質な力がなぜ自分をここに導いたのか、トロトには理解できなかった。かれ自身、ここでは数日しか生きられないだろう。

相反する望みに、どう対処すればいいのかわからない。三人といっしょにいられないのはたしかだ。その一方、かれらも自分も、スペース＝ジェットをはなれることはできない。

どうすればいい？

着陸したのは見通しのきかない、岩がちの土地だった。あたりには奇妙なかたちの、岩や金属の露頭が見える。ブルーの主星はほぼ、スペース＝ジェットの真上にかかっていた。

ハルト人はエンジンを切った。

「聞こえるか、ちびさんたち？」と、反重力シャフトに向かって叫ぶ。「恐れる必要はない」

その言葉が口から出た瞬間、異質な力に絞めあげられるのを感じた。鋼の指が脳をつかみ、握りつぶそうとするかのようだ。トロトは苦痛の叫びをあげた。一瞬、目の前が暗くなる。かれは反重力シャフトに飛びこみ、下降した。すぐにわれに返り、頭のなかでささやく声とはげしく争いはじめる。だが、これまで同様、結局は暴力の発作にとらわれてしまった。

反重力シャフトを出て内部構造を転換し、テルコニット鋼のような強靭なこぶしを持つ、暴力の塊りになる。苦痛の咆哮をあげながら、こぶしが備品を破壊していることさえ感じられなくなった。

アニーとマルレットとトムは、破壊行為がはじまったとき、最下層デッキにいた。

宇宙服を着用し、エアロックのすぐ前に立っている。

「やってみるしかないわ」アニーがいった。「行くわよ」

内扉を開き、マルレットと狩猟者をエアロックに押しこむ。自分も床に置いてあった宇宙服をとりあげ、あとにつづいた。

手にした宇宙服をトムにあずけ、合図する。狩猟者はうなずき、宇宙服を小わきにかかえて駆けだした。その姿がたちまち岩のあいだに見えなくなる。

トムは十分ほどで、なにも持たずにもどってきた。ふたりにうなずきかける。開いた外扉の外に立っていたアニーはマルレットに手で合図し、トムといっしょにエアロックにはいった。

　スペース＝ジェット内はしずかになっていた。

　内扉を開けると、ハルト人が振りあげた手を空中で静止させて立っていた。黒い顔がゆがんでいる。その目に涙が浮かんでいるのが見えたように思えた。

「ちびさんたち」トロトはいつになくしずかで、悲しげだった。「どうにもできないのだ。なにか異質なものがわたしのなかにいて、抵抗できない」

　スペース＝ジェット内部は瓦礫の山だった。ぶじなものは、文字どおりひとつもない。トロトは壁をぶちぬき、機内のマシンを破壊し、下部貨物室にあったシフトを残骸に変えていた。

　アニーはヘルメットを開いた。

「できるかぎり手をかすわ、イホ」と、しずかにいう。「でも、その前に、わたしたちに手をかしてほしいの」

「もちろんだ」トロトの目に希望の光がともった。「なにをすればいい？」

「マルレットが事故にあったんです。連れ帰ることができなくて、外の岩のあいだに寝かせてあるの。運んできてもらいたいのだけど」

「わかった。やってみよう」その声はおちついていて、いつもどおりの善良なハルト人にもどったようだった。

「方角を教えるよ」狩猟者がいい、トロトといっしょにエアロックにはいる。だが、トムはすぐにもどってきた。

「出ていったぞ」と、急いでいう。「数分もすれば、からの宇宙服を発見するだろう。それまでに姿を消さないと」

アニーと狩猟者が反重力シャフトを上昇するころ、スペース＝ジェットのかげにかくれていたマルレットは、イホ・トロトの姿が見えなくなるのを見送りながら、目を潤ませていた。いくら暴力から身を守るためとはいえ、こんなふうにハルト人をだますのが、急に申しわけなく思えてきたのだ。

しばらくして司令室に行ってみると、もうエンジンがかかっていた。だが、アニーと狩猟者はスタートの準備もせず、通信スタンドの前でしっかりと抱きあっていた。ほかにも人がいることなど、まったく頭にないようすだ。

マルレットは腹だたしげに咳ばらいした。

アニーはトムの腕からぬけだし、

「スタートして」と、指示した。

マルレットはためらった。反抗しようかとも思ったが、結局はおとなしく操縦スタンドにつき、なにか指示されたときにいつもとる行動をとった。

指示にしたがったのだ。

数秒後、スペース＝ジェットが上昇を開始。

マルレットはスクリーンに目を向けた。技術装置はすべて作動している。トロトは重要な装置には手を触れていなかった。

スクリーン上にはアルキスタルの荒涼とした風景がひろがっている。そびえたつ岩のあいだの黒く焦《こ》げた地表に、トムが置いてきた宇宙服のそばに立つイホ・トロトの姿が見えた。黒い地面に、赤い防護服が対照的だ。

トロトはスペース＝ジェットに向かって手を振っていた。

マルレットとアニーと狩猟者は、二十時間ほどして恒星間航行が可能な宇宙船に収容された。アルキストからの避難者はだれもが興奮していて、自分の運命にしか興味がなかった。

三人はだれかれなく、イホ・トロトがひとりで灼熱惑星にとりのこされて助けが必要だと訴えたが、耳をかす者はいなかった。

宇宙船がアルクス星系をはなれ、超光速航行にうつると、かれらはあきらめた。

アニーは格納庫に敷いたマットレスの上にすわりこみ、背中を壁にあずけた。

「ま、そんなもんだ」近くでだれかの声がして、ちいさな笑い声が聞こえた。

アニーは振りかえった。そばにすわった白髪の老人が、にやにやしながらこちらを見ている。

「ほかの者たちになにか伝えようと、苦労していたようだな。だが、だれも話を聞こうとしない。他人のことになど興味がないから」

「ええ……聞きたくもないみたいね」アニーはため息をついた。

老人が笑う。

「脚を折った男と腕を折った男が出会った話を知っているかね？　知らない？　ふたりとも、自分がどんなにひどい目にあったかを語るんだよ。自分のほうが相手よりもひどかった、と。だれもがなにかを話したがっていて、相手に聞いてもらいたがっている。だが、だれも聞いてはいない」

「残念ながら、わたしの場合もそのとおりね」

アニーはため息をついた。それでも、イホ・トロトの現状をだれかに伝える方法はあるかもしれない。かれを助けることができるかも。

「わたしたち、イホ・トロトといっしょだったの。土石が降ってきたとき、いろいろ助けてくれたわ。イホがいなかったら、きっと生きのびられなかった。それなのに……」

「ああ、そうだろうな」老人は彼女の言葉をさえぎった。「わたしにも友がいて、困っているといつもすぐに助けてくれた。その男が……」

「イホ・トロトのことを話したいんだけど」

「ああ、ああ、聞いているよ。たしかに、たいした話だ。だが、わたしの友のほうが大変だった。つまり、その男は……」

アニーは目を閉じた。

何度も経験したことだ。ここにいる人々はだれもが、からくも地獄から脱出してきている。だれもが命がけだったはず。自分の体験は特別だと思うのも、無理はなかった。いくら努力しても、彼女の言葉に耳をかたむける者はいない。

隣りにいるトム・バレットに、自分の手を握らせる。

老人はまだ話しつづけていたが、アニーは聞いていなかった。

アルクス星系にひとりとりのこされた、イホ・トロトのことを考えていたから。

あとがきにかえて

嶋田洋一

十月最後の週末、二年ぶりに秋田県由利本荘市《ゆりほんじょう》の本荘SFローカルコンベンション、HONGCONG（ホンコン）に参加することができた。

昨年は仕事上のミスが原因で完全に時間がなくなってしまい、直前になって参加をキャンセルするという苦渋の選択となった。それを教訓にして今年は慎重にスケジュールを調整した……つもりだったが、八月ごろやっていた長篇の翻訳にやたらと時間がかかってしまい、その後の予定も押せ押せになって、結局はぎりぎりに駆け込んで宴会に参加し、一泊して翌日午前中には帰途につくという、余裕のかけらもない行動日程に。スケジュール管理が甘いというか、自分の作業能力を過大評価しているというか……実際のところ、翻訳速度が年々落ちていて、同じことをするにも、確実に昔より時間がかかるようになっている。歳を取るってこういうことなんだと実感する日々です。

それでも、とにかく宴会だけは参加しようと、新幹線で秋田に向かう。隣のホームにはしばらく前に開業したばかりの、金沢行きの北陸新幹線が入線していた。金沢にもずいぶん長いこと行ってないなあ、などと思いながら、「新幹線Ｅ７系弁当」を手に車中へ。秋田からは羽越《うえつ》本線で羽後《うご》本荘《ほんじょう》駅に向かう。由利本荘市は二〇〇五年に本荘市と周辺の七つの町が合併してできたのだが、駅名は従来の「羽後本荘」から変わっていない。最初はいささかとまどいを覚えたが、やっと混乱しなくなったところ。

　羽後本荘駅から外に出ると、左前方に本荘ステーションホテルの建物が見える。ＨＯＮＧＣＯＮＧでの宿泊は、ほぼ毎回、ここに決まっている（田沢湖畔や鳥海山の麓など、別の場所でやるときは別だが）。会場はホテルの裏手にある二階建ての木造公民館。昭和の雰囲気を色濃く残すレトロな建物で、二階の広間が宴会場、一階の部屋が企画室として使われる。

　四、五十人規模のこじんまりした集まりで、会場の雰囲気からも、わたしがＳＦファンダムに顔を出しはじめたころのコンベンションの空気が感じられて、とても気に入っている。今年で十三回めと、それなりに歴史を重ねてきているのも頼もしい限りだ。ぜひ長く続けてもらいたいと思う。

　六時開始の宴会に到着したのは六時半くらいだったが、すでに宴たけなわという感じで、かなりできあがっている方もいるようだ。秋田名物きりたんぽをいただきながら、久々に会う方たちとばか話で盛り上がる。今回はサプライズ・ゲストとして、地元出身で秋田を中心に活躍している、ミュージシャンの石川コウさんがギターを抱えて登場。SFってなに？　という素朴な疑問を弾き語りの歌に乗せて提起し、大受けしていた。建物や場の雰囲気にギターの弾き語りというスタイルも相俟《あいま》って、七〇年代テイストが実に心地いい曲でした。

いったん離席して戻ってくると、なんと全自動麻雀卓が登場していた。このコンベンションでは毎回誰かしら麻雀をするのだが、それまでは手で積んでいた。宴会場の片隅でやる麻雀は、普通そうだろう。それなのにここの主催者、何を思ったか、全自動卓を買ってしまったという（安い出物があったから、だそうだが）。

とりあえずわたしも一局囲ませてもらったが、結果は言わぬが花かな。

宴会が続くあいだも、階下の部屋では企画が進行している。毎年恒例の「おぼろげ絵画教室」は、お題を出して簡単な説明を付し、参加者にその絵を描いてもらうというもの。たとえば「お題はケロロ軍曹。カエル形宇宙人で、ヘルメットをかぶり、直立二足歩行」といったような出題があり、知っている人も知らない人もその絵を描いて、いちばんおもしろかったものが優勝、といった具合だ。いちばん似ているのが優勝、ではないところが味噌。お題のネタをよく知っているつもりでも、人間の記憶力がいかに当てにならないか痛感できる。

それ以外にも毎回のゲストがそれぞれに、トークやワークショップなどを担当する。「他言無用！　この部屋を一歩出たら全部忘れろ！」といった、スリリングな話が聞けることもある。

行ってみたいな、と思う方は、「秋田ＳＦ研究所」で検索すればわかるはず。

宴は延々と続き、明け方まで飲んでいた人たちもいるらしいが、わたしは一時過ぎくらいに失礼して部屋に引き取った。無理は禁物。

明けて日曜日、朝食のあとふたたび公民館に行き、ひとしきり挨拶をして、エンディング前においとました。結局今回は温泉にも行かず、観光もせず、ただ宴会に参加しただけで終わってしまって、何とも残念だった。次回こそちゃんと時間を取って、楽しみつくしたいものです（と去年も言っていたわけだが）。

最後に、表記に関するお知らせ。

第四六四巻『パラテンダーの円舞』の「あとがきにかえて」で、「ウィルス」ではなく「ウイルス」と表記する、という意味のことを書いていますが、この巻ではすべて「ウィルス」になっています。ローダン編集部が「ウィルス」表記を容認することになったためで、以後の巻ではすべて「ウィルス」と表記することにしました。

この種の表記の変更は実はちょくちょくあって、気づいている方は少ないかもしれませんが、たとえば以前は「キィ」「コピィ」だった表記が、ある時期から「キイ」「コピイ」になっています。ローダン・シリーズは基本的に松谷健二さんの訳語や表記を踏襲していますが、時代に合わせて細かい修正はおこなっているわけです。

SFマガジン700【海外篇】

山岸 真・編

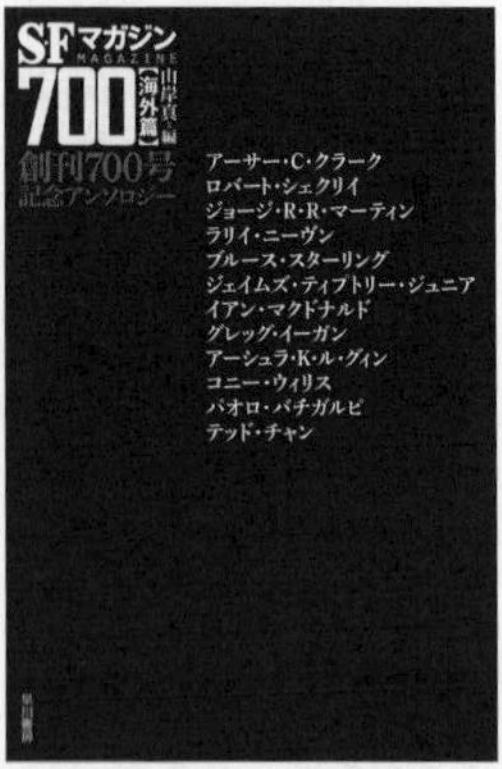

〈SFマガジン〉の創刊700号を記念する集大成的アンソロジー【海外篇】。黎明期の誌面を飾ったクラークら巨匠。ティプトリー、ル・グィン、マーティンら各年代を代表する作家たち。そして、現在SFの最先端であるイーガン、チャンまで作家12人の短篇を収録。オール短篇集初収録作品で贈る傑作選。

ハヤカワ文庫

フィリップ・K・ディック

アンドロイドは電気羊の夢を見るか?
浅倉久志訳
火星から逃亡したアンドロイド狩りがはじまった……映画『ブレードランナー』の原作。

〈ヒューゴー賞受賞〉
高い城の男
浅倉久志訳
日独が勝利した第二次世界大戦後、現実とは逆の世界を描く小説が密かに読まれていた!

スキャナー・ダークリー
浅倉久志訳
麻薬課のおとり捜査官アークターは自分の監視を命じられるが……。新訳版。映画化原作

〈キャンベル記念賞受賞〉
流れよわが涙、と警官は言った
友枝康子訳
ある朝を境に〝無名の人〟になっていたスーパースター、タヴァナーのたどる悪夢の旅。

火星のタイム・スリップ
小尾芙佐訳
火星植民地の権力者アーニイは過去を改変しようとするが、そこには恐るべき陥穽が……

ジョン・スコルジー

老人と宇宙《そら》
内田昌之訳

妻を亡くし、人生の目的を失ったジョンは、宇宙軍に入隊し、熾烈な戦いに身を投じた！

遠すぎた星　老人と宇宙《そら》2
内田昌之訳

勇猛果敢なことで知られるゴースト部隊の一員、ディラックの苛烈な戦いの日々とは……

最後の星戦　老人と宇宙《そら》3
内田昌之訳

コロニー宇宙軍を退役したペリーは、愛するジェーンとともに新たな試練に立ち向かう！

ゾーイの物語　老人と宇宙《そら》4
内田昌之訳

ジョンとジェーンの養女、ゾーイの目から見た異星人との壮絶な戦いを描いた戦争ＳＦ。

アンドロイドの夢の羊
内田昌之訳

凄腕ハッカーの元兵士が、異星人との外交問題解決のため、特別な羊探しをするはめに！

訳者略歴　1956年生，1979年静岡大学人文学部卒，英米文学翻訳家　訳書『真紅の戦場』アラン，『サイコドの道』ヴルチェク＆ダールトン，『テラナー』フランシス＆フォルツ（以上早川書房刊）他多数

HM=Hayakawa Mystery
SF=Science Fiction
JA=Japanese Author
NV=Novel
NF=Nonfiction
FT=Fantasy

宇宙英雄ローダン・シリーズ〈512〉

隔《かく》離《り》船《せん》団《だん》

〈SF2046〉

二〇一六年一月　十　日　印刷
二〇一六年一月十五日　発行

（定価はカバーに表示してあります）

著　者　ペーター・テリド　H・G・フランシス
訳　者　嶋《しま》田《だ》洋《よう》一《いち》
発行者　早川　浩
発行所　株式会社　早川書房
郵便番号　一〇一 - 〇〇四六
東京都千代田区神田多町二ノ二
電話　〇三 - 三二五二 - 三一一一（大代表）
振替　〇〇一六〇 - 三 - 四七七九九
http://www.hayakawa-online.co.jp

乱丁・落丁本は小社制作部宛お送り下さい。
送料小社負担にてお取りかえいたします。

印刷・信毎書籍印刷株式会社　製本・株式会社川島製本所
Printed and bound in Japan
ISBN978-4-15-012046-7 C0197